A ÚLTIMA PRINCESA
ANDINA

A ÚLTIMA PRINCESA
ANDINA

FABIANE RIBEIRO

São Paulo
2023

Grupo Editorial
UNIVERSO DOS LIVROS

© 2022 by Universo dos Livros

Todos os direitos reservados e protegidos pela Lei 9.610 de 19/02/1998. Nenhuma parte deste livro, sem autorização prévia por escrito da editora, poderá ser reproduzida ou transmitida sejam quais forem os meios empregados: eletrônicos, mecânicos, fotográficos, gravação ou quaisquer outros.

Diretor editorial
Luis Matos

Gerente editorial
Marcia Batista

Assistentes editoriais
Letícia Nakamura
Raquel F. Abranches

Preparação
Virgínia Lavapés

Revisão
Paula Craveiro
Tássia Carvalho

Capa e diagramação
Renato Klisman

Dados Internacionais de Catalogação na Publicação (CIP)
Angélica Ilacqua CRB-8/7057

R369u	
	Ribeiro, Fabiane
	A última princesa andina / Fabiane Ribeiro. – São Paulo : Universo dos Livros, 2022.
160 p.	
	ISBN 978-65-5609-316-1
	1. Ficção brasileira 2. Literatura fantástica
	I. Título
22-5517	CDD B869.3

Universo dos Livros Editora Ltda.
Avenida Ordem e Progresso, 157 — 8º andar — Conj. 803
CEP 01141-030 — Barra Funda — São Paulo/SP
Telefone: (11) 3392-3336
www.universodoslivros.com.br
e-mail: editor@universodoslivros.com.br

A Viviane, Odete e Alícia, que são, assim como as figuras da vida de nossa protagonista, minhas mamãe, vovó e "Títi", respectivamente. Uma homenagem a elas pela força, pelo apoio e amor incondicional. Nossas vidas se assemelham a esta história nos sentimentos verdadeiros, na fé e na coragem que elas trouxeram à minha existência.

Aos povos andinos de todos os tempos.
Aos Andes, aos mangues, aos desertos,
às cavernas, às bibliotecas solitárias,
às culturas e às tradições,
às montanhas e aos vales,
aos ventos que percorrem o mundo,
e a todas as maravilhas ao nosso redor,
minhas inspirações eternas,
Ofereço.

A Marcia, Luis e toda equipe, pela parceria,
dedicação e oportunidade,
Agradeço.

A cada pessoa neste mundo que leu um ou mais
dos meus dez livros anteriores, permitindo-me
estar aqui, lançando meu 11º trabalho,
com o coração explodindo de felicidade,
enquanto viajo por muitos mundos a cada página
e brinco de colorir sentimentos.
A vocês, que fazem companhia às minhas histórias
e que me recebem em suas casas,
este e cada um dos meus trabalhos,
para sempre, eu
Dedico.

SUMÁRIO

PRÓLOGO..11

PARTE I
WAYRA: A FLAUTA, A MONTANHA E O VENTO....13

PARTE II
LUCAS: O MANGUEZAL, A CASA NA ÁRVORE E O VISITANTE DE TERRAS DISTANTES.....................61

PARTE III
OMAGUA: A FLOR DO DESERTO, O DESERTO E A FLOR..83

PARTE IV
WAYRA: A PEREGRINAÇÃO, A CAVERNA E A VERDADE POR TRÁS DAS CORTINAS..........99

PARTE V

VOVÓ: A LAGUNA, O FORASTEIRO
E O ÚLTIMO LUAR EM PAMPACHIRI.................113

PARTE VI

LUCAS: A ONÇA, A ÁGUIA E O JACARÉ.............123

PARTE VII

WAYRA: O POEMA, O SANTUÁRIO
DO TEMPO E A AQUARELA...........................135

PRÓLOGO

Dizem que não há noite mais tranquila em nossa terra do que a noite na qual uma fera gigante janta e se deita para repousar. A natureza ao redor se silencia por completo para aguardar sua digestão. O Mal precisa de tempo para se esvair, por isso o longo repouso da fera é necessário.

Tal qual o tempo que percorre os séculos. Tal qual o rio que desemboca no mar e cria incontáveis caminhos para aqueles que têm um propósito, um cais para chegar. Tal qual as cores das terras outrora submersas que, por meio do amanhecer das novas eras, se tornaram a montanha colorida que chamo de lar. Tal qual as alpacas que lá vivem em comunhão eterna com o solo e com as outras espécies que ali têm habitado geração após geração, caminhando por cumes e vales de sete cores e ao redor das lagunas, trilhando uma estrada repleta de muitas vidas. Mesmo depois de retornarem ao solo, essas vidas ainda resplandecerão na paisagem, que é seu lar eterno, por todo o tempo que o mundo for mundo.

Tudo ao nosso redor necessita de um tempo para ser criado e para ser silenciado — e de uma eternidade para ser colorido e remodelado. Aqueles que partiram, mas vivem eternamente nos santuários distantes aonde somente ventos mansos conseguem chegar, ajudam a colorir os tempos que ainda vão despertar após o sono necessário.

Portanto, na noite da derradeira refeição da fera, o silêncio na terra é absoluto e vasto e impera na profundidade da escuridão das horas que virão.

Uma grande fera jantara o Mal que agora parte da terra. A natureza respeita isso.

PARTE I

WAYRA: A FLAUTA, A MONTANHA E O VENTO

A primeira das sete cores da Vinicunca

O mundo pode ser um lugar maravilhoso, se você souber onde procurar.

Sempre busquei maravilhas ao meu redor e também aquelas escondidas, que estavam soterradas sob as areias coloridas do deserto de onde venho, ou indecifráveis nas páginas de livros perdidos que foram escritos por meio da memória dos meus ancestrais e das lembranças do próprio tempo, que é o maior dos contadores de histórias.

Também busquei maravilhas nas montanhas e no vento, nas danças do meu povo ao redor da fogueira, ou subindo os montes e tocando o céu, ou sentindo a hostilidade que o mundo pode oferecer àqueles que procuram sentimentos reais e profundos, que são capazes de fazer de uma simples camponesa a princesa de um povo. É por tais sentimentos que vale a pena viver e lutar contra todos os males – e há muitos deles nesta história.

São esses tesouros que venho buscando e tentando desenterrar desde a infância. São as histórias de um passado que ainda não passou completamente, porque ele corre ao nosso redor, de mãos dadas com o vento, e cria canções enquanto brinca de nos construir e deixa um rastro de eternidade no ar.

Algumas dessas melodias aprendi a tocar na flauta, conforme eu crescia rodeada pelos espetáculos mais lindos da natureza e conversava com a solidão sobre tudo o que o tempo esculpiu e escondeu.

Toda essa maravilha desabrochou junto a mim — uma flor do deserto, como diziam — e se revelou em meu ser: de camponesa solitária a uma das maiores lendas andinas que as montanhas já viram.

Tudo se fez à medida que eu tentava compreender o que já havia ocorrido, o que estava acontecendo e o que ainda iria acontecer, pois os tempos convergiam e me aproximavam das verdades que eu vivia sem cessar, e verdades que princesas de outrora também haviam vivido séculos atrás.

A brisa trazia os resquícios e as centelhas espalhadas por nossas histórias e assim formava uma só, nos aproximando, mas também nos distanciando, como só o que é verdadeiro sabe fazer.

Entretanto, muito antes disso tudo ocorrer, eu vivia pela terra, corria pelo deserto e brincava com a água serena das lagunas. Tinha poucos amigos, mas abraçava as montanhas e percorria o próprio vento, que dançava ao me ouvir tocar a flauta de Pã.

A primeira lição que aprendi nesta vida, muito antes de saber ler ou escrever, foi sobre mim mesma, sobre o meu nome, que significa vento. Wayra. Diminutivo de *Wayrq'aja*, nome antigo do meu povo peruano, dos meus ancestrais que respeitavam e honravam a natureza e todos os seus deuses e seres, assim como eu.

Sempre gostei de me chamar assim, pois cresci no lugar onde o vento nasce: entre as montanhas, algumas delas tão altas que ultrapassam as nuvens.

E, justamente lá, no topo do mundo, pude compreender que o vento forte pode ser um desafio a se desbravar ou também um grande amigo, que é capaz de me envolver em um abraço firme que transmite medo e segurança ao mesmo tempo.

Confio no vento. Aprendi a respeitá-lo e a ouvi-lo.

Ele gosta de me contar os segredos que desenterra quando percorre as areias. Afinal de contas, somos xarás e brincamos juntos desde que dei meus primeiros passos.

Certa vez, ouvi dizer no povoado que o vento é muito importante pois é passageiro, assim como todos nós. Ele está sempre em movimento, constantemente indo e vindo, como nós. Em um instante, somos; então, deixamos de ser. Espalhamos vida e beleza e carregamos fragmentos de afetos e aprendizados pelo ar.

A vida é um sopro, tal qual uma rajada do vento, e sua efemeridade revela a importância de carregarmos só o que é luz, já que vamos espalhá-la pelo caminho conforme passamos pela vida como uma tempestade de areia de sete cores, sendo nosso próprio vento ao percorrermos os segundos breves.

Tenho a felicidade de dizer que nasci e cresci em meu lugar preferido do mundo. Não passei nem um dia sequer sem observar toda sua beleza e pensar em como minha sorte era grande.

Sempre amei essas terras e tudo que delas vem.

Quando feliz, procurava as montanhas para agradecer.

Quando triste, buscava o deserto para consolo e renovação.

A natureza ao redor nunca me desapontava. Ela conhecia meu coração e estava sempre pronta para fazer surgir o melhor em mim.

Alguns talvez não sejam capazes de ver as mil e uma belezas do mundo, por isso vou mostrá-las como sempre foram, e mostrar como foi crescer em meio a elas.

Vivi a vida inteira em um casebre isolado. Apenas as alpacas e vovó me faziam companhia.

Caso você pense: como é possível amar tanto um lugar remoto e, ao que parece, tão solitário?

A resposta é: veja mais de perto! A verdadeira beleza é aquela que fica mais bonita a cada vez que nos aproximamos, pois a riqueza está nos detalhes e nas sutilezas, na combinação das cores e também nos desafios.

Venha, pode entrar no meu mundo. Os guardiões deram permissão para que você agora adentre as terras protegidas por eles. E eu lhe estendi a mão, como um convite para a minha história. Vou lhe mostrar as inúmeras oportunidades e presentes destas terras, assim como a magia por trás da Montanha Arco-Íris, logo ali à frente.

ᚺᚺᚺᚺᚺᚺᚺᚺᚺ

Você vai passar a amar estas terras, assim como todos amam quando conhecem seus tesouros. É inevitável. Elas guardam a história dos meus antepassados e de tudo que é mais precioso para mim: as minhas raízes e os meus sonhos, que construí por entre as lagunas e o deserto, mesmo não sabendo ao certo o que estava a procurar.

No topo das montanhas andinas, o silêncio sempre falou comigo e ele me dizia que o amor era a resposta que eu buscava.

— De qual amor você fala? — gritei para o vento conforme ele dançava e fazia minha saia e meus longos cabelos pretos dançarem também.

Qual não foi minha surpresa quando o vento riu e me abraçou ainda mais forte, respondendo em alto e bom som com sua voz firme me atravessando feito flecha, quase como se cantasse uma linda canção da qual jamais me esquecerei:

— O amor, minha pequenina Wayra, é a única resposta para tudo em sua vida. Tudo o que já quis fazer, entender e ser. E tudo aquilo que fará, entenderá e será. Ele sempre vai guiar seus passos.

Então, em uma enorme, assustadora, mas ao mesmo tempo reconfortante revoada, o vento continuou a me explicar sobre o amor enquanto me transportava para as lembranças da minha vida até aquele momento, dos quatorze anos que eu vivera até então.

Do alto da Vinicunca, ou Montanha Arco-Íris, em uma aparente solidão, revisitei imagens da minha vida por meio de doces lembranças trazidas pelo vento, por trás de suas cortinas leves, para me dar as respostas que eu tanto queria.

Vi minha mãe, minha querida mãezinha, quando eu ainda estava em sua barriga. Sempre senti que lembrava da doce voz dela a falar comigo, antes mesmo de eu nascer. Pensava que era um sonho.

— Wayrq'aja — ela falava —, esse mundo pode ser enorme e lindo, se você quiser. Sou uma exploradora apaixonada pela vida e tenho certeza de que você também será. Lembre-se sempre da importância da comunhão com a natureza e com seus deuses. Lembre-se do respeito e da amizade que deve haver entre vocês, pois é de lá que tudo vem. É lá que tudo nasce e para lá que tudo volta um dia. Você, antes mesmo de nascer, já caminha pelos Andes, já é uma menina das montanhas, igual aos seus antepassados. Eu a levo para escalar a linda Vinicunca, o nosso quintal, já que temos o privilégio de pertencer ao lugar em que os ventos nascem.

Sempre me lembrei dessas palavras, como se estivessem gravadas em mim. Eu imaginava mamãe com a pele morena reluzindo com o sol e as longas tranças pretas se revolvendo — igual as minhas sempre fazem —, usando um lindo e longo vestido colorido com a cor das terras da montanha. Imaginei que ela estaria assim no dia em que me disse isso, e foi desse modo que o vento gravou a memória em mim e a eternizou.

Entre mais uma revoada, me vi nascer em nosso casebre. Vi a alegria de mamãe e vovó ao me segurarem nos braços pela primeira vez. O vento me mostrou o quanto elas choraram e riram naquele dia ao agradecerem às montanhas pela minha vida e aos nossos antepassados pelo presente de terem me enviado.

A natureza ao nosso redor também fez festa para me receber. Inúmeras alpacas vieram das redondezas para acampar ao redor do nosso casebre, a fim de ver a nova amiga que chegara para brincar entre os montes. Foi bonito vê-las em grandes bandos, caminhando para conhecer e saudar uma nova vida.

As lagunas se asserenaram naquele dia, refletindo em paz o calor intenso, porém tranquilo, do sol, como se ele sorrisse ao me ver abrir os olhos pela primeira vez. Ele estivera me esperando.

Alguns amigos vieram caminhando de Pampachiri, em Pitumarca, que é o vilarejo mais próximo. Chegaram a nossa solitária casinha no deserto trazendo presentes e muita comida.

No fim da tarde, uma pequena festa foi feita para celebrar meu nascimento. Houve dança e cantoria em volta do casebre, junto às alpacas e à fina chuva que caía e também me dava boas-vindas. As nuvens choraram lágrimas mansas de felicidade ao ouvirem o meu primeiro choro. O vento as trouxera, e foi assim que nos tornamos amigos desde o primeiro instante.

Foi a festa mais colorida que já existiu, com todos os convidados vestindo trajes com as cores da Vinicunca. Para quem visse de longe, seria uma imagem tão bela quanto a de uma inexplicável obra de arte, sem dúvidas.

Foi assim que vim ao mundo, em meio à natureza com suas cores e sons.

O vento estava certo ao me mostrar todas essas imagens.

Eu começava a entender. De fato, o amor sempre havia sido a resposta.

ͰͰͰͰͰͰͰͰͰͰ

Havia também um tipo de amor que tudo unia e tudo exaltava: o amor pelas criaturas e pela terra que habitamos em união. Aprendi muito cedo sobre ele.

Uma das minhas lembranças mais antigas e queridas foi a de um dia perto de uma laguna no deserto, quando vovó notou que eu havia parado de brincar com pedregulhos para observar as formigas. Elas estavam andando enfileiradas seguindo em linha reta de um pequeno arbusto perto da água até outro. Eu, ainda muito pequena e com vontade de aprender sobre a vida, agachei-me no chão para acompanhar as formigas, que estavam obstinadas e focadas em seu objetivo. Em certo ponto do trajeto, não me contive. Era tão lindo ver as formigas trabalhando em harmonia, com cada uma delas sendo uma parte perfeita e fundamental da linha de trabalho. Estiquei as mãos e quis pegar uma para mim, pois tamanha era minha admiração pelas pequeninas.

Vovó aproximou-se antes que eu fizesse isso. Com um sorriso bondoso, ela me disse com uma firmeza que criou raiz em mim, me constituindo:

— Pequena Wayra, neste mundo temos de respeitar todas as formas de vida. Desde as minúsculas criaturinhas até a maior das feras. A principal lei sob a qual todos nós vivemos e respiramos é a de que jamais devemos fazer mal a qualquer ser vivo. Veja as formigas, pequenas, belas e trabalhadoras árduas. O respeito é fundamental, pois esta terra que habitamos é tanto sua quanto delas.

Por um momento, olhamos para a vastidão das montanhas ao nosso redor. A imensidão daquilo me fez perceber que, para quem estivesse no ponto mais alto, eu seria pequena tal qual uma formiga. Além disso, todos nós tínhamos uma razão para estar ali, sendo parte do todo em meio àquela natureza.

Vovó continuou:

— Este mundo é de todas as criaturas. Ele abre os olhos todas as manhãs, ao anunciar um novo dia, por você, por mim, por cada uma dessas formigas. A terra existe por nós, todos nós. E nós existimos por ela e por cada um dos outros seres.

— Nem um ser é mais importante do que o outro — falei. Fui levantando do chão e observei não só as formigas, agora um pouco mais de longe, mas também avistava as alpacas ao redor, as aves sobrevoando e emitindo sons distantes, e até um pequeno calango que corria ligeiramente sobre a areia desapareceu depois.

Vovó sorriu e completou com sabedoria, usando palavras que passei a carregar para sempre:

— Minha querida, sempre que trilhar uma nova estrada nesta vida, olhe para baixo e certifique-se de que não está pisando em nenhuma formiga, mesmo sem querer. Caso esteja, repense a jornada e recomece. Apenas avance quando tiver certeza de que não está pisando em ninguém. Deixe que cada formiga deste mundo percorra a própria jornada e complete o próprio trabalho.

ⵀⵀⵀⵀⵀⵀⵀⵀⵀⵀ

Eu via todas essas cenas como se assistisse a um filme da minha própria vida, entre as fortes rajadas do vento que abraçava Vinicunca, a Montanha Arco-Íris, ou a Montanha de Sete Cores.

A ÚLTIMA PRINCESA ANDINA

Caso você não saiba muito sobre ela, vou dar uma pausa para lhe apresentar, pois é muito importante que você a conheça bem.

A Vinicunca nem sempre foi assim, um espetáculo de cores.

Dizem que ela já foi recoberta de gelo e de neve em épocas extremamente remotas, muito antes de qualquer um dos meus antepassados nascer. Por conta das mudanças climáticas no planeta, o gelo derreteu e deixou expostas as terras da montanha. Os minerais que a compõem reagiram com o ar da atmosfera e isso formou o lindo espetáculo de cores que está no coração dos Andes.

Vovó diz que o processo é tão complexo e antigo que se trata de uma verdadeira pintura da natureza em seu mais puro esplendor. Cada tom foi tingido ao longo das eras para que se chegasse ao resultado perfeito. Ela é uma verdadeira aquarela e, até o fim de nossa história, você vai entender que é uma aquarela de anjos.

Para se ter uma ideia desse tempo todo de trabalho pelas eras, veja que os sedimentos das montanhas foram transportados pela água, que há milhões de anos recobriam todo o local.

Por viver ali, eu podia observar todo o seu encanto e sentir a perfeição do trabalho executado com paciência e precisão até que resultasse na maravilha que meus olhos podiam ver.

A minha amada Vinicunca é o coração de uma enorme cordilheira que percorre diversos países na América do Sul. A pequena região colorida fica bem próxima ao meu casebre, no interior peruano, entre lagunas, alpacas, paisagens desérticas e montanhosas.

Para chegar à Vinicunca, é preciso atravessar a montanha Ausangate, que é das maiores da região e lar de um poderoso *apu*, um espírito que vigia as redondezas.

Vovó sempre me disse que antes de iniciar a subida em qualquer montanha, é necessário fazer uma reverência e pedir passagem e proteção ao *apu* que ali vive, sendo ele seu conhecido ou não. Você pode não o ver, mas vai sentir a força dele por toda a extensão da terra que ele proteger.

Nada neste mundo existe sem que forças ocultas e poderosas as guardem. Tudo na natureza é governado e protegido muito além de nossa compreensão.

Eu repassava essa tradição a todos que vinham ver a Montanha de Sete Cores pela primeira vez: ao atravessar Ausangate, peça permissão ao *apu* e, na Vinicunca, peça novamente pois um *apu* diferente a protege.

Se qualquer escalada nesta vida é repleta de perigos, ter permissão e proteção sempre é algo sensato e necessário. Caso o *apu* se revolte, você não vai querer estar perto para ver. Sei muito bem disso, mas esta é uma história para daqui a pouco.

Ainda no topo da montanha, contemplando do alto a beleza de todas as cores que formavam o lindo tapete de arco-íris no chão, respirei fundo e pedi ao vento que continuasse a me presentear com visões dos quatorze anos que havíamos vivido juntos até então.

Aquele era o dia do meu décimo quarto aniversário e eu não sabia o quanto minha vida estava prestes a mudar.

ᚼᚼᚼᚼᚼᚼᚼᚼᚼ

No dia em que nasci, após a festa com a celebração dos visitantes, comida abundante e muita Chicha Morada — bebida feita com nosso milho roxo —, todos foram embora, deixando-me aos cuidados carinhosos de mamãe e vovó.

Quando a lua apareceu no céu e as estrelas a acompanharam, a chuva já havia partido e nossos amigos também, pois os caminhos entre as montanhas podiam ser longos e traiçoeiros, principalmente durante a noite.

As alpacas — exceto uma — também haviam se dispersado para voltar a seus locais de costume, nas encostas ou perto das águas das lagunas. Na cena da doce lembrança exibida entre as cortinas do vento, vi a alpaca teimosa e amigável que insistiu em ficar em nosso casebre. Ela simplesmente ficou a espreitar-nos pelas frestas da janela.

Quando o silêncio já pairava absoluto na noite, vovó saiu para dar um pouco de comida ao animal e foi então que ela percebeu: nossa nova amiga, a que viera testemunhar meu nascimento, também carregava um bebê em sua barriga. E não era só isso. Vovó assustou-se ao perceber que o filhote estava prestes a nascer.

ᚻᚻᚻᚻᚻᚻᚻᚻᚻᚻ

Com a voz estridente, autoritária e um tanto engraçada — como sempre a defini —, vovó gritou perplexa:

— Suzana, você também está prestes a ter um bebê! Por que não disse quando os convidados ainda estavam aqui para ajudar?

De dentro do casebre, embalando meu primeiro sono, mamãe gritou em resposta, com voz assustada:

— Suzana? Quem é Suzana? Com quem está falando?!

— Suzana é a alpaca, oras!

— E ela também...?

Mamãe espiou pela janela e assustou-se ao ver que o filhote da alpaca já começava a chegar ao mundo.

Vovó correu para pegar toalhas e panos a fim de ajeitar um grande e confortável ninho junto ao casebre, e ajudou Suzana como pôde.

ⵀⵀⵀⵀⵀⵀⵀⵀⵀⵀ

Sob a luz das estrelas, minha melhor amiga nasceu poucas horas depois de mim. Ela seria minha companheira dia e noite pelas montanhas e nas aventuras. Crescemos juntas, sendo sempre a melhor amiga uma da outra.

Por meio das lembranças, vi quando tínhamos apenas alguns meses, mas já brincávamos no chão do casebre. Eu, atrevida e apressada, querendo muito da vida. A alpaca, tímida, desajeitada e bem pequena, queria companhia. Ela não precisava de muito, pois estar perto de quem considerava sua família era o suficiente. Sempre aprendi muito com ela.

O amor que dividimos desde o dia do nosso nascimento era o mais puro e profundo que existe. Nossas almas eram irmãs e estavam juntas para cuidar uma da outra, pois os perigos nos espreitaram de longe no deserto à medida que crescíamos, apenas esperando a hora certa de se aproximar.

Nós protegemos uma à outra desde aquela primeira noite no casebre.

ⵀⵀⵀⵀⵀⵀⵀⵀⵀⵀ

Não foi à toa que ali, em uma lembrança de quando eu tinha cerca de dez meses e muita agitação em meu espírito, apontei com meus dedinhos para a pequena alpaca enquanto brincávamos e disse minha primeira palavra:

— Títi!

Vovó aplaudiu, achando lindo. Fez uma dança curiosa e engraçada para agradecer aos nossos guardiões por aquele momento especial. Mamãe não estava por perto, mas tenho certeza de que ficou muito feliz quando soube.

A partir de então, gostando da atenção que vovó dava para minha primeira palavra, passei a dizê-la sem parar:

— Títi! Títi! Títi! — Apontava para a alpaca e repetia entre gargalhadas minhas e aplausos entusiasmados da vovó.

Assim, minha amiga oficialmente tinha um nome.

Até aquele momento, era chamada de "bebê alpaca". Ninguém sabia quanto tempo iria ficar. As demais alpacas andavam pela cordilheira, ao redor das lagunas e pelo deserto, sem um lar fixo. Sua mãe, Suzana, assim como a minha, costumava ficar longos períodos sem aparecer, mas vez ou outra, vinha visitar a filha.

Títi, diferentemente de todas as alpacas que viviam nas redondezas, parecia não querer ir embora do casebre. Ela me guardava e me acompanhava o tempo todo. Vigiava meu sono quando eu adormecia; comia nos mesmos horários que eu, gostava de tomar ar fresco e sol quando vovó me levava para caminhadas. Até mesmo nos seguia quando íamos ao vilarejo.

Títi não apenas foi minha primeira palavra, mas ela também viu meu primeiro passo, minhas primeiras lágrimas — e todas as que vieram depois. Ela me consolou quando meu coração se partiu e esteve comigo em cada aprendizado e descoberta. E em cada alegria.

Assim, o tempo foi passando e nossa amizade foi se fortalecendo.

Quando tive idade para começar frequentar a escola do vilarejo, Títi ia comigo e esperava na porta o término das aulas, para me acompanhar de volta para casa.

O próprio caminho para a escola era uma grande aventura, pois era necessário navegar na nossa pequena e própria canoa para atravessar o riozinho que cortava o vilarejo e conduzia até a única escola que atendia alunos dos povoados da região. A escola era uma pequena casinha sobre palafitas, na qual a professora nos aguardava.

Aprender a conduzir a própria canoa era uma das primeiras lições que aprendíamos. Antes de eu saber remar, vovó me levava, mas o caminho era muito mais longo e de difícil acesso. Quando cresci um pouquinho mais, ela arrumou a pequena canoa na feira. Foi um dia de muita alegria para nós.

Agora eu fazia parte de uma linda tradição.

Era uma cena bonita de se ver pelas manhãs, tão bonita como um quadro.

As crianças mais jovens acenavam da beira do rio para aquelas que iam de canoa para a escola. Algumas até corriam, brincando e tentando nos alcançar pelas margens. Eu sempre acenava de volta.

As mães conferiam as mochilas e as merendas e observavam até que os filhos já estivessem remando.

Minha embarcação era grande o suficiente apenas para mim e Títi. Sempre juntas no caminho do casebre até o rio e, então, nas águas calmas. Éramos inseparáveis, e o pessoal em Pampachiri nos conhecia como "*pequeña campesina* e sua alpaca". Costumavam acenar quando passávamos pelo povoado também.

Por vivermos isoladas no casebre entre as montanhas e relativamente distante do povoado, éramos quase uma lenda. Contavam histórias sobre nós. Nem todas as histórias eram falsas, já outras eram um tanto exageradas.

Mas, de fato, para o desespero de vovó, conforme fui crescendo, eu e Títi aprontamos muito por lá.

Ⱶ-Ⱶ-Ⱶ-Ⱶ-Ⱶ-Ⱶ-Ⱶ-Ⱶ-Ⱶ

Ainda no cume da Vinicunca durante o meu décimo quarto aniversário, o vento me trouxe outras lembranças.

Quando eu tinha cerca de seis anos, eu estava em Pampachiri com Títi, fazendo compras para vovó.

A vovó vendia artesanatos e doces para turistas na feira de Pitumarca. Eles vinham do mundo todo conhecer as montanhas. Os moradores locais também gostavam das roupas que vovó tricotava e dos doces maravilhosos que cozinhava. Muitos vinham de longe em busca de seus cachecóis e bolos de *maíz*.

Eu a acompanhava durante algumas horas, quando não estava na escola. Minha tarefa era caminhar pela feira a fim de comprar os produtos da lista que ela me passava.

Em um desses dias vi algo encantador. Um novo comerciante chegara à feira e sua barraca estava cheia de diferentes objetos talhados em madeira, pedra e bambu. Com minha alma curiosa e exploradora e junto da alpaca, também bisbilhoteira, nos aproximamos da barraca a fim de conhecer cada objeto à vista.

╫╫╫╫╫╫╫╫╫╫

O artesão vinha de Cusco e disse que vendia sua arte lá, mas decidira conhecer locais mais remotos. Em poucos dias, partiria para outra região.

Ele me mostrou as esculturas que fazia em pedra de Huamanga. Eram maravilhosas peças brancas e, segundo ele, tinham origem vulcânica.

Fosse com as pedras ou com madeira, ele detalhava sua arte com maestria. Havia até mesmo miniaturas da própria montanha e de animais da região. Fiquei encantada com tudo que vi. Porém, amor à primeira vista mesmo foi com a flauta de Pã, que é um instrumento musical construído com tubos de bambu conectados uns aos outros, em duas fileiras, formando uma "escadinha", amarrados por uma linda corda colorida, que ele mesmo costurava.

Peguei uma das flautas e no mesmo instante senti que meu mundo havia se transformado um pouquinho. Mais uma resposta trazida pelo amor e pelo vento. A minha primeira forma de arte nascia ali.

Troquei três bolos de *maíz* da vovó pela flauta de Pã. O simpático homem ainda deu um colar colorido à Títi, que se destacou na sua lanosa pelagem castanho-avermelhada. Sentindo-se ainda mais linda e convencida, ela desfilou pela feira ostentando o presente do comerciante artesão, enquanto eu segurava a flauta e tentava, ainda desajeitada, tocar minhas primeiras notas.

Era mais difícil do que parecia.

Ajudei vovó no restante do dia e voltei para o casebre feliz da vida. Dormi, observando as estrelas através da janela, como sempre fazia — o céu ali era tão limpo, e as estrelas, brilhantes como pedras preciosas —, e ainda segurando a flauta.

No dia seguinte, a caminho do rio que me levaria até a escola, encontrei Omagua, um homem mais velho, de origem indígena, conhecido por vender cobertores e ponchos na feira. Ele me disse:

— *Pequeña* campesina! Eu a vi segurando a flauta de Pã ontem. Você sabe tocá-la?

— Não — respondi com pesar.

— Gostaria de aprender?

— Claro!

— Eu sei tocá-la, aprendi quando menino. Tenho certeza de que sirvo para algumas lições. O que me diz?

— Isso é sério? Eu iria amar!

Títi ficou entusiasmada ao me ver tão alegre.

Fui para a escola pensando em como seria minha primeira aula de flauta mais tarde.

Conforme eu remava pelas águas límpidas, quase podia ouvir uma melodia distante de flauta, como se fosse trazida pelo vento e me ajudasse a remar para a frente.

ㅏㅓㅏㅓㅏㅓㅏㅓㅏㅓㅏㅓㅏㅓㅏㅓㅏㅓ

Em agradecimento às aulas de flauta que Omagua me daria, pensei em retribuir e fazer algo por ele. Assim, me ofereci para ensiná-lo a ler.

Eu sabia que o filho dele era um estudioso, muito ocupado, que vivia na cidade, e que Omagua gostaria de lhe escrever cartas.

Nas semanas seguintes, passamos nossas tardes trocando aprendizados. Eu ia até sua barraca na feira e, entre um freguês e outro, continuávamos as lições. Depois, eu corria até a barraca da vovó, para ajudá-la também.

Um dia, uma viajante, vinda de um país próximo, do qual pouco eu sabia, aproximou-se de mim na feira para brincar com Títi.

Minha alpaca era muito dócil e simpática com novos amigos. A viajante, ao me ver mais de perto, disse estar maravilhada com a enorme trança em meu cabelo. Eu me orgulhava muito da minha habilidade em trançar, pois aprendera com mamãe quando muito pequena e era uma de minhas especialidades. Assim, ofereci trançar o cabelo da mulher.

Acabei ficando famosa por trançar o cabelo dos turistas que visitavam a feira do povoado; eles afirmavam nunca ter visto tranças tão diferentes e lindas.

Comecei então a dividir minhas horas entre a escola, as lições com Omagua, ajudar a vovó na feira e no casebre e trançar os cabelos de viajantes. Além disso, eu ainda fazia longas caminhadas e escaladas com o intuito de explorar a região e entrar em sintonia com as montanhas ao lado de Títi.

O tempo passou e, pouco antes de eu completar dez anos, uma das minhas lembranças mais tristes aconteceu. O vento a mostrou para mim, pois ela era parte importante de quem me tornei no futuro. E, de um jeito intenso e assustador, esse acontecimento nunca passou de verdade, esteve sempre em mim.

Tudo o que aconteceu naquele dia mudou minha vida completamente e me trouxe cicatrizes que ficariam para sempre. Eu e Títi voltávamos de um passeio às margens da laguna. Adorávamos a vista. O cume de algumas montanhas era recoberto de neve o ano inteiro, e se misturavam às cores da Vinicunca, tornando o cenário ainda mais belo.

Avistamos um grupo de alpacas e tive certeza de que Suzana estava com o bando. A pelagem dela era bastante clara, em tons de bege, bem diferente da pelagem avermelhada da filha.

Títi correu para perto da mãe, matando um pouquinho das saudades.

Eu a compreendia. Mamãe viajava muito e eu ficava longos períodos sem vê-la também. Uma vez, ela ficou fora por quase um ano, então eu sabia bem como Títi se sentia.

Logo Suzana e as demais alpacas se distanciaram, indo para o outro lado da laguna.

Eu e Títi seguimos de volta para o casebre.

Assim que me aproximei de casa, deparei-me com uma cena inusitada: a porta estava completamente aberta. A pedra no quintal, onde vovó costumava se sentar para tricotar, estava lá, com a manta na qual ela trabalhava e todo o material de tricô jogados ao chão. Vovó, por outro lado, não estava em lugar algum.

Senti meu coração acelerar em uma fração de segundos. Foi como se o ar faltasse e o deserto ao meu redor rodopiasse. Temi pelo pior. Sem saber o que fazer e sem ter a quem recorrer, pois Pampachiri era distante, fiz a única coisa em que consegui pensar. Sem titubear, minhas pernas conduziram-me rapidamente para a Montanha de Sete Cores; eu precisava pedir orientação e ajuda.

Eu e Títi corremos o mais rápido que pudemos. Gritei "Vovó!" a plenos pulmões, apesar da dificuldade de respirar por subir os montes em desespero.

E foi então que eu a avistei. Vovó estava aos pés da Vinicunca. Respirei aliviada ao vê-la bem, contudo algo certamente havia acontecido e meu coração logo se desesperou de novo, como se já soubesse o que se passara.

Aproximando-me, notei vovó de joelhos e curvada, conversando entre gritos e choro e fazendo pedidos à montanha. Curvando-se por completo, ela estendeu as mãos e afundou os dedos na terra colorida.

Abracei-a e deixei-me cair ao chão do seu lado. Títi logo se juntou a nós.

Chorei junto de vovó por muito tempo. Soluçamos e conversamos com os *apus* da região e com os nossos guias, pedindo que conduzissem o espírito de mamãe aos nossos antepassados.

Ela havia feito sua última viagem.

Não voltaria para o casebre.

Não dessa vez.

Nunca mais.

ⵀⵀⵀⵀⵀⵀⵀⵀⵀⵀ

Quando vovó finalmente se acalmou, teve de retornar para casa, pois teria de ir a Pampachiri tomar algumas providências. Um viajante a cavalo lhe trouxera a notícia mais cedo, e vovó agora tinha de iniciar os preparativos da cerimônia para a despedida.

Eu quis ficar mais um pouco com a Vinicunca. Era a maior dor que já havia sentido e pensei que não poderia haver dor maior. Meu peito explodia de um modo quase insuportável. Minha alma doía, agitada e em fúria, querendo explicações e implorando para que fosse mentira, para que fosse um pesadelo.

— Preciso acordar, Títi! Preciso acordar! Não pode ser verdade!

Agora apenas com Títi, eu berrava e chorava e sentia, sentindo o vento ao meu redor se agitar, se rebelando junto a mim.

Olhei para a montanha e gritei o mais alto que consegui:

— COMO VOCÊ PÔDE LEVÁ-LA?!

Indignada, saí correndo novamente, desafiando o vento, buscando por confronto, ansiando para tirar um pouco da ira que se contorcia dentro do meu ser.

— O QUE QUER DE MIM?! – berrei, correndo.

Foi então que me dei conta.

Eu estava em uma parte da Vinicunca na qual não tinha autorização para subir.

Era o cume mais alto.

Vovó sempre alertara que era muito perigoso. Ela mesma fora até ali pouquíssimas vezes, e sempre disse que não era lugar para alguém da minha idade. Por mais que eu fosse treinada a subir e descer montanhas o tempo inteiro desde a infância, e estivesse acostumada com altitudes, ainda assim, aquela era diferente.

Contudo, pensando em tudo de ruim que estava acontecendo comigo, eu queria desafiar o mundo e a vida, então continuei a subi-la. A montanha mais alta da Sete Cores.

Subi e subi. Títi foi atrás de mim até certo ponto, mas a coloquei para descansar em uma grande pedra e pedi que me esperasse no caminho. Eu precisava ir até o topo e precisava ir sozinha.

Caí várias vezes.

Senti o ar faltar.

Minhas pernas bambearam.

Meu corpo exausto e rígido de furor sucumbiu.

Minha grande saia rodada e colorida tinha bolsos nas laterais. De lá, tirei um cantil de barro e tomei água, o que me salvou. Demorei um pouco para me lembrar que quem vive nas montanhas sempre carrega água consigo. E foi a água que me permitiu subir um pouco mais.

Em alguns trechos caminhei com muita dificuldade; em outros, caí no chão, me arrastei e engatinhei sobre a terra em cores. Eu iria conseguir!

A fúria e o vento me levaram adiante.

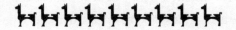

Após a pior das jornadas, finalmente cheguei ao topo proibido da Vinicunca. Respirei fundo, não acreditando que estava ali, com o mundo todo parecendo estar a meus pés. Eu estava acima das demais cordilheiras da região e acima até mesmo das nuvens. Sentia o céu ao meu redor.

E não conseguia acreditar que mamãe não voltaria. Ainda não parecia real, não podia ser. Quando eu era um bebê, ela sempre cuidara de mim com amor e dedicação.

Conforme cresci, lembro-me de nos despedirmos muitas vezes. Mamãe era uma viajante. Uma exploradora que percorria a América do Sul. Nunca sabíamos onde ela estava.

Vovó sempre falou que não havia o que fazer. Jamais poderíamos exigir que ela ficasse em casa, pois estaríamos aprisionando sua alma, que sempre buscava novas jornadas.

Ao longo dos anos, refletindo sobre isso, comecei a me questionar se não haveria algo por trás dessas viagens, razões que não me contavam. Eu sabia que eram mais que explorações e até ouvi boatos estranhos, mas vovó sempre se negou a me dar mais explicações sobre as viagens da mamãe. Nem na vez em que as entreouvi discutindo sobre isso.

Tive muita sorte de ter alguém comigo, para me dar um lar e cuidar de mim enquanto mamãe estava longe, mas a verdade é que um pedacinho do meu coração sempre ia com ela.

Eu nunca havia saído da região em que nascera, mas sentia que conhecia terras distantes, pois, de alguma forma, mamãe me levava consigo.

Não havia momento mais feliz do que seus retornos.

Quando ela entrava pela porta do casebre, com uma sacola de presentes — artesanatos feitos por outros povos —, me pegava no colo e chorava:

— *Mi niña tan bella*, como senti saudades! — dizia, alisando meus cabelos e me embalando.

Nenhum sentimento era melhor ou mais lindo que aquele.

Em suas partidas, eu me quebrava um pouquinho e ansiava pelos nossos reencontros. Quando ela enfim retornava, eu sempre desejava que fosse para sempre.

E agora teria de conviver com a certeza de que ela nunca voltaria, nunca cruzaria a porta do casebre novamente e me pegaria nos braços. O próximo reencontro não aconteceria e o sentimento mais lindo, os momentos mais felizes haviam ido embora e não voltariam mais para mim.

Eu não sabia como poderia continuar a existir assim, ainda mais por estar cercada por aquilo que a levara, que a tirara de mim: a montanha.

De acordo com as notícias que haviam chegado até nós, ela fora levada pela mesma cordilheira em que agora eu estava, mas bem distante dali, na região andina da Colômbia. Havia sido um acidente misterioso e trágico.

No cume mais alto que poderia escalar naquele momento, senti que o mundo inteiro conseguiria me ouvir e que a montanha a meus pés me encarava. Criei coragem e a encarei de volta, questionando tudo o que fazia meu coração se quebrar, pois ela me devia respostas.

Foi nesse instante que, mais uma vez, o vento se mostrou para mim como uma grande força da natureza.

ᚺᚺᚺᚺᚺᚺᚺᚺᚺ

Um vendaval se formou ao meu redor à medida que eu gritava e questionava a cordilheira que levara mamãe. O vento parecia não concordar com minha ira e se agitava cada vez mais, fazendo as terras coloridas reagirem com sua dança, se suspendendo no ar e me envolvendo em uma terrível tempestade de areia.

Desesperada, abri os braços e aceitei a tempestade, sem saber se ele me levaria também. Fechei os olhos e rodopiei, percebendo que eu não havia pedido permissão para subir ao topo.

Eu enfurecera o *apu*, a montanha, o vento, a natureza e todos os seus guardiões.

ⵀⵀⵀⵀⵀⵀⵀⵀⵀ

Em meio ao turbilhão no qual já não conseguia ver nada, caí. Permaneci no chão. No topo do mundo. No cume mais alto da Vinicunca. Eu estava cegada pela areia, pelo vento, pela minha própria fúria, então desmaiei e não sei por quanto tempo assim permaneci.

Revendo a cena entre as memórias, lembrei-me do sonho que tive enquanto estava desacordada. Ainda desmaiada em meio à tristeza, ao pesar e à raiva pela morte de mamãe, sonhei com muitas ruínas, todas construídas no meio de montanhas altas, igual a que eu estava.

No sonho trazido pela fúria e pelo medo, caminhei por uma cidade inca que se ergueu, reinou, atingiu o apogeu em esplendor e caiu, encontrando a própria ruína. Eram meus antepassados. Suas tradições. Sua comunhão com a terra e tudo que dela vem. E tudo que um dia a ela retorna.

Entretanto, o que restou de tudo isso é mais forte do que as construções que desabaram, pois se trata do sangue que em mim corre e em todos de nossa linhagem. Naquelas terras eles haviam existido.

À medida que eu chorava a minha mais profunda dor, mais eu me unia ao solo. Mais que nunca, eu era parte de tudo.

O tempo entendeu isso e me transportou.

Minha alma, mesmo doendo tanto, tal qual uma flor se despedaça sozinha pelo deserto, permitiu que minhas pétalas voassem para longe por um fragmento de sonho, que pode ter durado muito tempo ou apenas um piscar de olhos.

ⱧⱧⱧⱧⱧⱧⱧⱧⱧ

Um império politeísta. Uma extensão maior que qualquer outro na América do Sul até então. Domínio de arquitetura, agronomia, economia coletiva. Conhecimentos e técnicas impressionantes, e tão vivas nas terras que chamei de lar séculos depois.

Ainda desmaiada, mas tendo um sonho tão vívido, caminhei em uma civilização passada e senti tudo pulsar ao meu redor: o conhecimento vasto e admirável, a política, as maneiras de a sociedade se organizar e de interagir com a natureza e seus deuses. Eles exploravam a região andina ao mesmo tempo que a respeitavam, a amavam e faziam progredir.

Eram cidades de pedras enormes perfeitamente encaixadas moldadas. Uma monarquia teocrática que vibrava em mim desde sempre. Desde antes de eu compreender tais palavras.

Sempre senti e vivi essa profunda conexão com os deuses ao nosso redor. Ao andar pelo passado, quando ele era o presente, entendi mais que nunca de onde eu vim e como tudo havia me moldado para ser o que era. Havia moldado a minha família, os povos da região e até outros mais distantes.

Vi famílias e trabalhadores, cada um com sua função. Tudo funcionava em harmonia. Aquilo não era apenas um sonho. Era quase como uma memória coletiva que vivia dentro de mim e passava de geração em geração.

Encantada e maravilhada com tudo, dentro da mais imponente construção de pedra, no centro da cidade antiga que eu agora visitava, eu a vi.

Era ela, eu soube imediatamente: a princesa andina.

ᖽᖽᖽᖽᖽᖽᖽᖽᖽ

Vestes maravilhosas, tecidas com a mais pura lã de lhamas, que meus antepassados criavam com sabedoria. Cabelos pretos como os meus, em tranças complexas, como as que trançava nos visitantes da feira. Olhos pretos levemente puxados. Pele morena bronzeada perfeitamente por conta do bom convívio com o sol. Traços delicados. Trejeitos de ternura e força juntos.

Observei-a durante a visita no tempo.

A princesa não podia me ver, mas pensei que, de alguma forma, ela poderia saber que eu estava ali, vinda do futuro, em um sonho tão vivo quanto respirar, clamando por ajuda ao ver o meu mundo entrar em colapso.

Segui-a pela imponente construção de pedra até seus aposentos.

Eu não sabia o nome dela, nem quais eram seus sonhos, mas vi muita bondade em seu olhar. Ela era uma princesa que sabia usar o título a favor do povo e governava por eles. Não pensava em conquistas ou ganhos pessoais. Tal qual uma verdadeira líder, a justiça e a humildade se mostravam em seu ser.

O sonho era perfeitamente lindo e já havia mudado tanto em mim. Mas o que aconteceu em seguida me horrorizou.

Pobre princesa!

Um destino tão cruel para tanta sabedoria e beleza.

Sentada, ajeitando as longas tranças pretas, a princesa andina não viu quando ele se aproximou.

Era um homem com expressões sérias, parecia cruel e também um pouco preocupado, como se soubesse que não podia falhar. Havia um motivo para ele estar ali e não iria embora sem executá-lo.

Conforme a princesa trançou uma nova mecha dos cabelos, a adaga, impiedosamente, atravessou-lhe a garganta.

Meu grito foi tão alto e estridente que eu mesma não me reconheci. Desesperei-me com a cena e queria ajudá-la, mas se era apenas um sonho, o que poderia fazer? Ninguém me ouvia, e a sensação de ver algo tão brutal e não ser capaz de agir era terrível. Não havia o que fazer.

A princesa morrera instantaneamente. Seu sangue manchou o chão de pedra. Sua última trança, inacabada, espalhou-se como um rio escuro de beleza e dor. Contudo, a expressão em seu rosto era de ternura. Nem mesmo em seu último suspiro havia frieza, medo ou rancor.

Olhei ao redor e o assassino havia fugido.

Fiquei brava comigo mesma por não ter reparado o que ele pegara, pois seria o motivo do crime. Eu havia ficado assustada demais para pensar em reparar em qualquer coisa que não fosse a princesa caída.

Mas de uma coisa eu tinha certeza: o homem misterioso da adaga havia levado algo consigo. Era algo que a princesa carregava e protegia, pelo que havia morrido.

Sem perceber, eu estava rindo. Quase gargalhando.

No topo da Vinicunca, Títi lambia minha face para me acordar.

Demorei alguns instantes para me lembrar de tudo e compreender o que estava acontecendo.

Tudo havia sido muito rápido. Tanta coisa acontecera em tão pouco tempo que eu mal conseguia racionalizar.

A morte de mamãe. A subida ao cume proibido. A tempestade de areia. A fúria dos *apus* das montanhas. O sonho com a civilização inca. A princesa, assassinada por causa de um objeto perdido no tempo, há tantos séculos.

Havia muito sobre o que pensar e para compreender.

Até mesmo como Títi havia conseguido subir, sendo que eu a havia deixado em uma pedra no caminho.

Talvez os *apus* não estivessem realmente bravos. Talvez tivessem a conduzido até mim para me salvar. Eles sabiam que eu precisava de ajuda e enviaram aquela cujo amor sempre me salvava, até mesmo no momento tingido pela cor de todas as dores, medos e confusões.

Os animais, nossos irmãos e amigos, sempre são luz.

ЬЬЬЬЬЬЬЬЬЬ

Observando ao redor, notei que a tempestade de areia havia acabado. O vento agora era manso, assim como meu coração, que se asserenara um pouco.

Entretanto, naquele dia não tive mais tempo para pensar tanto sobre o sonho. Em breve eu voltaria a me questionar sobre ele e dedicaria muito tempo para aprender sobre a princesa e seu objeto roubado. Mas havia uma coisa que eu precisava fazer de imediato. Corri o mais rápido que consegui, pois o sol em breve iria se pôr. Eu tinha de ver se vovó estava bem.

Era preciso descer a montanha, cruzar as terras desérticas do casebre, ir até Pampachiri e ajudar com os preparativos para a cerimônia de despedida da minha mãe.

Não sei como ela ainda tinha forças, depois de toda a subida e da tempestade que enfrentamos, mas Títi, fielmente, correu junto a mim.

ⵀⵀⵀⵀⵀⵀⵀⵀⵀ

No dia seguinte, a cerimônia de despedida foi bonita e triste, junto da natureza e dos amigos do povoado.

Rever essas lembranças era como ouvir uma melodia distante, daquelas que nunca esquecemos. Ela me convidava a visitar locais conhecidos dentro de mim conforme também trazia uma dor nebulosa, da qual eu me lembrava tão bem, pois havia criado raízes.

Na lembrança, continuei a ver quando caminhamos entre as montanhas de terras coloridas, cantando e dançando em homenagem à mamãe. A cada melodia e a cada movimento, pedíamos aos antepassados que a conduzissem para o caminho certo.

Vovó sempre falou que, quando alguém morre, temos de pedir que a pessoa seja guiada, pois os caminhos no além-túmulo são muito numerosos, com estradas estreitas e perigosas, bifurcações e enganações. É muito fácil se perder.

Sempre fiquei muito impressionada com essas histórias; então, temendo que mamãe se perdesse, afastei-me um pouco e ajoelhei aos pés da Vinicunca. Uni as mãos em oração e pedi muito, muito mesmo, que mamãe tomasse os caminhos corretos, que a levassem para junto de nosso povo, daqueles que nos sucederam para além desta vida.

Mamãe sempre amou os Andes. De todo seu coração. Eu sabia que, se pedisse ali, na montanha, os *apus* e os guias iriam me ouvir e atender ao meu pedido.

Eu ainda não tinha conhecimento sobre como ocorrera o acidente que a tirara de mim, embora soubesse que havia sido nos próprios Andes, por onde ela andara tanto ao longo da vida.

De qualquer modo, eu não teria respostas naquele momento. Tudo era oculto e misterioso, e eu teria de investigar com o passar do tempo.

Só me restava pedir proteção em sua caminhada.

ㅏㅏㅏㅏㅏㅏㅏㅏㅏ

O grupo que dançava agora jogava flores aos pés da montanha, entoando cânticos de proteção. Usavam típicas roupas coloridas, com panos diversos e esvoaçantes. Era uma cena bonita, que carregava muitos sentimentos.

Vovó, ainda dançando, afastou-se do grupo e se juntou a mim e Títi.

— Ela era uma exploradora muito experiente e sábia. Tenho certeza de que seu espírito encontrou os caminhos certos. A uma hora dessas, já está rodeada de nossos antepassados, olhando por nós e cuidando destas terras, que precisam tanto de proteção.

Senti-me melhor com aquelas palavras e, enxugando uma lágrima, acariciei Títi, que me abraçava.

Percebi que ela queria dizer algo. Minha querida alpaca parecia balançar a cabeça na direção do bolso da minha longa saia, rosa e verde, com enormes flores coloridas.

Em um instante, soube do que se tratava: a flauta de Pã estava ali e Títi queria que eu tocasse.

ⵀⵀⵀⵀⵀⵀⵀⵀⵀ

Desde que aprendera a tocar a flauta com Omagua, alguns anos antes de perder mamãe, eu tinha o costume de subir as montanhas para tocar. Ficava horas vendo a música dançar com o vento, agitar minhas saias e tranças, criar movimento e fazer a areia colorida sacudir-se com as notas.

Tocar a flauta de Pã sempre era um momento meu, algo que eu fazia para me conectar à natureza, ao vento e à montanha.

Eu não costumava tocar em público, mas aquele momento pedia isso. Títi estava certa por me encorajar.

Subi um pouco a Vinicunca, sem me afastar muito, de modo que o grupo pudesse ouvir. Então, comecei a tocar... e tocar... e tocar. Viajei com as melodias. Vi novamente o vento se movimentar, correr pela cordilheira e levar a música para longe.

Nossos amigos, que homenageavam mamãe, aproximaram-se para dançar ao meu redor, guiados pelo ritmo que eu agora trazia com a flauta.

Vovó chorou de emoção, junto de Títi. E eu, ao abrir os olhos, imersa em mais uma canção, vi que o vento agora espiralava e subia até as nuvens.

Magicamente, ele estava levando minhas canções para o céu, conduzindo-as até mamãe. Senti que ela podia ouvi-las de onde estivesse, que estava no caminho certo.

As terras de sete cores das montanhas subiram com o vento, formando uma rajada colorida de ar, que voou alto, como um pequeno tornado em cor.

Minha alma ia para junto de quem eu amava e, lá de cima, olhava por mim, aproximando-nos e unindo-nos para sempre, por meio da flauta de Pã, do vento e das cores da Vinicunca.

ⵀⵀⵀⵀⵀⵀⵀⵀⵀⵀ

Agora, anos depois da partida de mamãe, eu ainda estava sentada no alto da montanha derramando lágrimas ao observar esses momentos, que haviam sido tão importantes e igualmente devastadores.

Tudo era muito intenso.

O vento me mostrava o meu passado para explicar como o amor sempre havia sido, e sempre seria, a resposta para tudo.

Em meio a tantas lembranças, dos meus quatorze anos de vida, compreendi o que ele queria me dizer.

Desde meu primeiro passo, o vento me conduziu a caminhar. Sempre em frente, sem me importar com os tombos. Ele me acompanhou em todas as vezes em que fui à Pampachiri com Títi. Entrava pela janela e me fazia companhia durante as aulas. Conduzia-me pela canoa enquanto eu remava. Estava comigo quando eu escalava as montanhas e, sendo um amigo, sempre ajudou a não cair e me perder.

Ele me amava. A natureza e tudo ao meu redor: vovó, Títi, nossos amigos do povoado e da feira, tudo era colorido e vivo pelo amor que nos unia e que nos mantinha em perfeita comunhão com os seres e guardiões, com nossa história, nosso povo, com os ancestrais e os antepassados que abriram caminho destemidamente para que pudéssemos hoje habitar estas terras.

Sempre fora o amor, trazido e embalado pelo vento, tal qual correntes invisíveis atravessando séculos, nos traziam e nos levavam, unindo nossas vidas e tudo o que há nelas.

As cortinas do vento fecharam-se, encerrando por ora as memórias do passado que me visitavam, para que eu agora fosse atrás de novas aventuras com Títi, no dia em que nós duas completávamos quatorze anos.

Com a flauta de Pã no bolso, a cabeça fervilhando com tantas lembranças revividas no topo da montanha e minhas longas tranças pretas a brincarem com a brisa, desci correndo a Vinicunca. Títi e eu tínhamos um passeio de aniversário a realizar. Era uma de nossas tradições.

Mesmo com a experiência de quatorze anos explorando a cordilheira, o deserto, as lagunas e os arredores, ainda assim, havia muito que eu não conhecia na região. As belezas eram incomparáveis, e os mistérios também.

Assim, eu e minha fiel companheira, que dividia o aniversário comigo, costumávamos tirar essa data para ir para algum lugar novo. Havia muitas opções.

No décimo quarto ano, escolhi ir para oeste, por uma trilha estreita em meio à cordilheira, que até então nunca havíamos tomado, já que havia inúmeras delas. Esta ficava atrás da terceira laguna, na direção oposta à região de Ausangate, que eu conhecia como a palma da minha mão.

Paramos para jogar pedrinhas coloridas na água. Títi gostava disso. Em minha bolsa lateral, tricotada por vovó com linhas de muitas cores, havia lanches e água, um mapa emprestado da escola e outros itens que nos pudessem ser úteis.

Ainda me recuperando das lembranças que havia visto mais cedo, caminhei a passos rápidos, querendo aproveitar as horas do dia que nos restavam.

ⵀⵀⵀⵀⵀⵀⵀⵀ

Após as lagunas e a trilha estreita terem ficado para trás, havia agora uma grande subida. Eu e Títi não desistíamos de explorar porque era uma das coisas que mais amávamos fazer. Entretanto, o passeio estava um pouco estranho. Não sei se por conta do peso das memórias que eu carregava ou se, de fato, havia algo estranho pairando no ar, como se alguma coisa nos espreitasse.

Pedi permissão e proteção aos *apus* a cada novo monte ou trecho para seguirmos em frente. Títi se curvava e fazia reverências comigo para as terras desconhecidas que cruzávamos.

Depois de uma exaustiva caminhada, chegamos ao cume. A vista era espetacular, sem dúvidas, mas ainda assim a sensação de estranheza me acompanhava.

Assim que atingimos a grande e desconhecida elevação, notei que havia um conjunto de pedras grandes e pontiagudas no terreno. Senti um calafrio só de observá-las, como se algo me alertasse para não passar ali. Parecia um sussurro do vento, embora o silêncio do deserto e das montanhas fosse profundo.

Eu não tinha escolha, pois se quisesse ver o que estava atrás da colina, que explorava pela primeira vez, teria de passar pelas pedras. Minha única outra opção seria descer pelo mesmo caminho que subira e abandonar a jornada.

— O que acha, Títi? Devemos voltar para casa?

A alpaca observava o caminho com receio, como se também sentisse algo estranho no ar. Imaginei que vovó poderia estar à nossa espera com um grande bolo de *maíz*, e a exploração poderia ficar para outro dia. Embora ainda estivesse incerta sobre como agir, não tive mais tempo para pensar, uma vez que algo inesperado e assustador aconteceu. Então entendi que a sensação de algo errado era sim trazida pelo vento, tentando me avisar que não éramos as únicas ali.

De um instante para o outro, aconteceu.

Uma onça saltou de trás das grandes pedras, andou em um grande círculo ao nosso redor e nos encurralou. Ela tinha presas enormes e o olhar feroz.

Minhas pernas ficaram bambas e o medo me tomou por completo. Meu coração deu um salto e eu não sabia mais como respirar.

Não havia onças naquela região. Nunca houve relatos, por isso sua aparição foi inusitada, inesperada e, acima de tudo, amedrontadora.

Junto a Títi, corri o mais rápido que pude na direção contrária à do animal, sem reparar no caminho nem raciocinar, apenas torcendo para que o ar continuasse a entrar em meus pulmões, pois eu o sentia se esvaindo.

Aleatoriamente, fui formando frases em minha cabeça para pedir proteção aos *apus* que guardavam aquelas montanhas; pedir ajuda ao vento, que me empurrava montanha abaixo; pedir aos antepassados para fazer o predador que me caçava desaparecer de alguma maneira.

Murmurei e implorei por socorro até que tudo se tornou um borrão e realmente não consegui mais respirar.

Por um instante, não vi mais nada. O mundo despencou.

ⱵⱵⱵⱵⱵⱵⱵⱵⱵ

Eu havia caído. Títi estava um pouco à minha frente e voltou para me ajudar.

Sentia-me exausta e extremamente ofegante. Devo ter perdido a consciência por alguns segundos na queda. Um pouco de sangue escorreu pela minha têmpora e minha cabeça começou a latejar. Havia escorregado em pedregulhos e estava machucada.

Ainda assim, olhei para trás e, embora não tivesse visto a onça, não deixei que uma falsa sensação de segurança me impedisse de continuar. Com a ajuda de Títi, levantei-me e voltei a correr. Corri muito, sem olhar para trás dessa vez.

Preocupada em ter Títi ao meu lado o tempo todo, só olhei para a frente, correndo para ficar tão longe da onça quanto possível, pois mesmo que não pudesse vê-la, ainda conseguia senti-la e ouvir seus dentes rangendo, como se esse barulho terrível ecoasse pelas montanhas.

Não sei dizer quando nem em que momento do caminho, mas, durante a descida, tudo silenciou, senti o ar mais leve, como se me avisasse de que a ameaça se fora, e eu soube que a onça havia se perdido.

Como eu não conhecia a montanha em que estávamos, fiquei espantada por ver tantas pedras na encosta, que não eram iguais às que eu costumava escalar. E foram justamente as pedras que me salvaram.

A onça caiu entre elas e desapareceu. Não sei se sobreviveu. A montanha rochosa era realmente perigosa e existiam muitas forças ali no alto, capazes de confundir qualquer transeunte — fosse presa ou predador.

O susto e o medo que sentimos foram terríveis, inigualáveis. Eu e Títi tomamos um pouco de água, ainda ofegantes, sem acreditar no que havia acontecido. Limpei como pude meus machucados.

Vovó ficaria muito brava. Ela nunca havia gostado da nossa tradição de explorar o desconhecido no aniversário.

Um pouquinho mais recomposta, enfim olhei para o local a que chegamos. Era, no mínimo, curioso: a montanha desconhecida ficara para trás, pois a descemos inteira na corrida, como se a onça tivesse escolhido nossa direção. Então, nos afastamos um pouco, para o caminho contrário de onde viemos. Eu e a alpaca estávamos agora em outra parte dos Andes, além da Vinicunca. A terra ali já não era tão colorida e um grande deserto marrom nos rodeava.

Havia neve no topo de algumas das montanhas mais distantes, o que deixava a paisagem bonita, embora um pouco sombria. À minha frente, havia uma montanha baixa, com uma pequena e bonita construção no topo abaulado. Ansiando por um local seguro para descansar, resolvi me aproximar da construção.

Seria uma pequena caminhada até lá e, então, eu e Títi poderíamos nos recompor e encontrar no mapa um caminho para voltarmos para casa, sem ter de passar pela montanha com a encosta de pedras.

Ao me aproximar mais da construção, notei a cruz em seu cume. A velha porta de madeira estava fechada e até um pouco destruída. Era uma igrejinha abandonada.

Eu estava andando o mais rápido que podia e já me aproximava da velha igreja quando voltei a ter a estranha sensação de estar sendo observada. Havia algo pairando no ar.

Recebi um novo aviso do vento: um barulho me acompanhava, se espreitando à distância, contando os passos que eu dava e também minha respiração, que no deserto parecia tão alta a ponto de ecoar. Talvez até mesmo as batidas do meu coração acelerado ecoassem.

Passei os braços ao redor de Títi exausta e apertei o passo um pouco mais.

Temi que a onça tivesse sobrevivido e nos encontrado, mas não parecia ser o caso. O perigo parecia diferente. Eu podia sentir em meus ossos e sobre minha pele. O calafrio agora era outro, que vinha da terra e vinha do ar.

Podia jurar que ouvia um barulho de serpente, tal qual um guizo ou um chacoalhar. O som típico de uma cauda serpenteando.

Aflita, continuei a subir o pequeno monte até a igreja e, mesmo não vendo serpente alguma, eu olhava para todos os cantos com apreensão. Talvez fosse coisa da minha cabeça, mas sem dúvidas eu ouvia o som a me acompanhar cada vez mais próximo.

Em meio às sombras, tomei um susto ao ver um par de olhos estreito e amarelo a me fitar à distância. Parecia uma víbora e, pelo vislumbre assustador em que pensei tê-la visto, era uma serpente negra.

A língua bífida balançou em minha direção, fazendo até o vento ao redor temer, aumentando meu próprio temor. Contudo, em um pulsar do meu coração, os olhos amarelos da serpente desapareceram, como se nunca tivessem estado ali.

Respirei com anseio. Faltava pouco para chegar.

Não sabia dizer se fora devaneio ou realidade, mas, se a serpente de fato estivera no local, ela me observava à espera de algo. Ela não se aproximou, apenas cravou os olhos em mim por um tempo e desapareceu de vista.

Tremi ao me lembrar da visão. Agradeci por ela não ter se aproximado. Eu e Títi não teríamos chance. Mas eu disse antes que havia pressentido o perigo no chão e *no ar*. Estava certa.

A víbora não era a única que acompanhava meus passos na paisagem desértica e rodeada de montanhas. Quando estava quase atingindo a porta de madeira quebrada da pequena igreja, olhei para cima instintivamente guiada por um som. Embora eu ainda não o tivesse reconhecido, o som parecia me acompanhar desde longe.

Fosse pelo medo da onça, da serpente negra ou da paisagem desconhecida e assustadora, eu sabia que, no fundo, ouvia o som vindo do céu desde as pedras da grande colina, e apenas agora o compreendia. Olhando para cima, vi com exatidão uma enorme águia sobrevoando em círculos. Atrevida, ela baixou voo se aproximando cada vez mais. Veio tão perto, que pensei que me atacaria.

Ela era uma ave imponente, de grande beleza e tinha postura e confiança impressionantes. As asas, os olhos e as garras me perturbaram a ponto de me fazer gritar a plenos pulmões, me desvencilhando.

Apavorada e sentindo a estranheza de tudo que me acompanhava pelo caminho, consegui correr até a porta da igreja. Os passos finais foram terríveis. Minhas pernas estavam mais que exaustas, e o medo desses perigos era indescritível.

A águia alçou um voo mais alto e, vocalizando, se afastou.

Ofegantes, eu e Títi entramos na igreja e fechamos a porta atrás de nós. A porta estava parcialmente quebrada, como quase tudo no local, mas foi o suficiente para que uma sensação de segurança nos reconfortasse no momento de pavor inimaginável.

Uma onça. Uma serpente. Uma águia.

De alguma forma, havíamos vencido e chegado ao nosso destino, mesmo que fosse um destino incerto, eu diria. Entretanto, aquele era o lugar onde deveria estar. Sentia, embora não pudesse dizer por quê, que a velha igreja era o destino pelo qual busquei desde a partida mesmo sem ter ciência.

Sentindo ainda muito medo, deixei-me cair no chão. Estava exaurida e aflita, sem saber o que fazer. O abrigo não era tão seguro e a qualquer momento podíamos ser surpreendidas. Éramos alvos fáceis.

Analisei ao redor. Estava um pouco escuro. As janelas também estavam parcialmente quebradas, talvez por conta do clima, pois ventava muito na região, e o completo abandono do local era inquestionável. Velhos bancos de madeira descascada e um pequeno altar de pedra branca. Muita poeira e teias de aranha. Nada mais à vista. Pensei que não poderia ficar muito tempo na capelinha, aparentemente esquecida do mundo.

ҺҺҺҺҺҺҺҺ

O abrigo seria apenas o suficiente para que eu e Títi fizéssemos um rápido lanche e descansássemos um pouco nossas pernas. Vovó ficaria aflita se chegássemos depois da lua e das estrelas.

E com tantas ameaças nos rondando do lado de fora, eu tremia e suava em desespero, sem saber o que fazer. Foi então que me dei conta de que, atrás do altar, havia uma portinhola. Era uma passagem pequena e estreita, quase escondida na penumbra da pequena e velha igreja.

Não pensei a respeito, apenas fui em direção à portinhola, à espera de encontrar seja lá o que eu estivesse procurando. Com o coração a bater forte, deixei Títi descansando no salão principal e atravessei a pequena entrada.

Analisei a sala onde agora me encontrava e levei mais um susto — entre os tantos que levara naquele dia. Contudo, não era um susto de pavor, mas sim de surpresa.

Havia uma vela acesa!

A luz brilhava e a cera derretia lentamente, sinal de que alguém estivera por ali pouco antes de mim, mas como seria possível? A pequena igreja estava abandonada em ruínas no meio de um deserto entre as montanhas. Lembrei-me dos perigos que espreitavam o local na terra e no ar, como se esperassem pelos visitantes teimosos.

Estariam todos aqueles mistérios conectados? O que era aquele lugar? Quem estivera na igreja antes de mim? Teria essa pessoa enfrentado os mesmos perigos que eu no caminho?

Com as perguntas girando na mente, olhei a sala atrás do altar. Era bastante estreita e duas pessoas adultas não caberiam ali. Embora a entrada fosse reduzida, havia uma única e pequena mesa de madeira, bastante velha e um tanto quebrada, no canto. Havia tanta poeira, que fez meu nariz coçar.

Sobre a mesa, havia a vela e um grosso livro, aberto.

ᚺᚺᚺᚺᚺᚺᚺᚺᚺ

Apesar da penumbra sem janelas e da iluminação vindo apenas da luz bruxuleante da vela, o local era estranhamente bonito e reconfortante. As quatro paredes, embora estreitas, eram recobertas por estantes que iam do chão ao teto, repletas de livros empoeirados muito antigos.

Era uma biblioteca pequena, silenciosa e malcuidada, completamente escondida do mundo.

Entre os incontáveis livros, as estantes eram recobertas por figuras, desenhos talhados na madeira.

Eram mensagens do meu povo, eu podia sentir. Memórias de outras épocas. Tudo ali se conectava.

O pequenino canto do mundo se assemelhava à reunião de tempos muito remotos e esquecidos, que se juntavam para preservar lembranças a todo custo. Não importava quais fossem os perigos do lado de fora, aqueles livros e as finas paredes que os protegiam haviam resistido a tudo: à ação do homem, do tempo e do isolamento. Elas sempre guardaram o que temos de mais precioso: as histórias, que nos deram permissão para que as sucedêssemos e escrevêssemos as nossas próprias; as tradições, as memórias e tudo o que nos moldou e nos transformou.

O tempo ali não corria. Ele parava e esperava. Preservava e protegia o passado eternamente, guardando-o para ser um presente entregue ao futuro.

Na biblioteca não havia ontem ou amanhã, e tudo convergia em proteção e respeito a civilizações e povos que ocuparam tais terras em épocas distintas, mas ainda assim eram irmãos, separados por séculos que não eram contados e não significavam nada.

Foi então que compreendi: o local não era uma igreja nem uma biblioteca. Era um santuário.

ᚺᚺᚺᚺᚺᚺᚺᚺᚺᚺ

Passei os dedos sobre as marcas talhadas na madeira e senti meu sangue pulsar, agitando-se com a emoção do momento. Eu estava diante de algo muito antigo e grandioso — e muito maior que eu. Marcas que faziam parte da história de muitas gerações.

Eu sabia que os incas eram uma civilização extremamente desenvolvida, mas não possuíam linguagem escrita. Abri alguns dos livros que pude alcançar e fiquei encantada e espantada com o que a pequena e exilada capela guardava. Era um verdadeiro tesouro!

Os livros eram relatos de amautas — pessoas consideradas muito sábias entre os incas, como se fossem acadêmicos naquela sociedade. Eram responsáveis por guardar as memórias do povo. Eles memorizavam as tradições ao longo das décadas e passavam todos os seus conhecimentos adiante, para os amautas que viriam a sucedê-los.

Graças aos amautas, escritores e poetas vindos de longe puderam registrar seus relatos sobreviventes, eternizando nos livros as verdadeiras tradições e tudo o que aconteceu durante o auge e a queda do império inca.

Ainda assim, muitos desses livros haviam se perdido pelo mundo e pelo tempo. E, para falar a verdade, eles nunca foram tão numerosos. Eram obras raras, ainda mais tantos séculos depois.

E ali estava eu: no meio dos últimos e únicos livros que restaram com as palavras dos próprios amautas, eternizando a verdade sobre tudo que viveram.

A partir de conversas e histórias, gerações transmitiram todo seu conhecimento para que enfim chegasse até mim, em um encontro perfeito unindo todos os tempos com tempo algum, no meio do nada e do mais absoluto silêncio, com uma fraca e solitária luz de vela que se extinguia aos poucos.

Eu teria de aprender um caminho seguro até aquela igrejinha, pois tinha de voltar mais vezes. Talvez buscasse ajuda.

Precisava de uma forma de conhecer todas aquelas histórias. Muitos livros me esperavam; de repente e sem saber o motivo, eu só tinha olhos para um deles: o livro aberto sobre a mesa.

Com a luz da vela, consegui ler um trecho da página aberta. Meu coração acelerou a cada palavra lida, mal podendo acreditar:

A última princesa andina fora encontrada assassinada por meio de um objeto cortante, em seu aposento. Desde então, o amuleto, que é o símbolo de todas as princesas de nossa linhagem, perdeu-se no mundo.

Eu queria continuar a ler, mas com uma forte rajada do vento, a vela se apagou e a escuridão recobriu tudo ao redor.

ⵀⵀⵀⵀⵀⵀⵀⵀⵀ

Tateando no escuro, tentei pegar o livro aberto. Quase queimei os dedos com a vela recém-apagada, mas consegui pegar o livro e sair da sala, sentindo pânico mais uma vez. O silêncio e o escuro pesavam no ar.

Desde o início, a caminhada rumo ao desconhecido em meu décimo quarto aniversário me dera a sensação de perigo iminente. Houve a trilha; a montanha com a encosta de pedra e os predadores que pareceram me conduzir até ali, como se eu precisasse encontrar aquele lugar, mas, ao mesmo tempo, não deixaram de me perseguir e amedrontar. Eles guardavam ou perturbavam o santuário? Protegiam-no ou assombravam?

A igreja abandonada; a sala escura com a misteriosa vela; a página do livro e o único trecho que tive tempo de ler, até que o vento fizesse a luz se esvair. Agora eu sabia o motivo — ou, ao menos, começava a compreender.

Não havia janelas na pequena biblioteca escondida atrás do altar. O vento viera da portinhola que eu largara aberta. Ele veio me avisar, como o bom amigo que era, que eu e Títi não estávamos mais sozinhas na igreja, e que era chegada a hora de grandes mudanças acontecerem em minha vida.

Eu sempre soube que algo me aguardava e aquilo tudo era o que sempre quis saber. A solidão conversava comigo, por entre as montanhas e o deserto, por meio da música da minha flauta e dos passeios até o povoado ou ao redor das lagunas. E agora algo que iria completar o enorme vazio que eu sentia, desde sempre. Eu buscava sem saber as respostas para minhas inquietudes. Apenas esperava pelo meu verdadeiro destino.

Era chegada a hora da conversa mais importante da minha vida, que estava à espera na velha igrejinha abandonada no coração dos Andes. Assim que saí da saleta e cruzei o altar de pedra, vi quem me esperava, ao lado de Títi, no meio do corredor da igreja.

Vovó e Omagua.

Assustada, receosa, mas também aliviada com a presença de duas pessoas queridas, respirei fundo, segurando o pesado livro nas mãos, e caminhei até eles.

Sentamo-nos nos velhos bancos.

Vovó estendeu-me uma trouxa com bolo de *maíz*, que devorei em instantes dividindo com a alpaca.

— Vocês completam quatorze anos de vida hoje, *niña* — ela falou com ternura. — Você era uma criança cheia de graça e curiosidade e agora desabrocha como uma linda flor do deserto: rara, belíssima, diferente de tudo que há, conhecedora dos mistérios desta terra e da vida.

Limpando uma lágrima, ela continuou:

— É chegada a hora de conhecer os seus próprios mistérios. Sendo agora uma jovem corajosa e inteligente, precisa saber o que a vida lhe reserva. Quem você é de verdade.

Com o coração acelerado, olhei para vovó e para nosso amigo Omagua, sentindo que, depois daquela conversa, eu jamais seria a mesma.

PARTE II

LUCAS:
O MANGUEZAL,
A CASA NA ÁRVORE
E O VISITANTE
DE TERRAS DISTANTES

A segunda das sete cores da Vinicunca

Meu nome é Lucas, mas sou conhecido mesmo como Luquinha. Sou filho do manguezal, aqui no nordeste brasileiro. Cresci e vivi minha vida toda entre suas águas lodosas, sempre escapando de jacarés e sendo amigo da natureza e de todos os animais.

Guio turistas e trabalhadores do mangue com segurança, de canoa, por estas águas.

Não sei muito sobre meu passado, exceto o que meu tio me contou. Nunca quis ouvir muito sobre isso. Se você soubesse, diria que meu passado é triste, mas não penso assim. Um pouco de abandono de um lado, um pouco de despedidas do outro. Alguns dizem que fiquei órfão. Não gosto de falar isso. A verdade é que sou daqui, do manguezal. Titio cuidou de mim até quando precisei e depois se mudou para a cidade. Ele vem me visitar às vezes.

Quem não me conhece talvez discorde, mas sempre digo que tenho uma grande família: cada ser vivo que nasce e cresce por aqui, no berçário do mundo. Esta terra abundante e maravilhosa cuida de mim como filho.

E eu me considero seu guardião.

Vivo em uma casa na árvore que eu mesmo construí, com a ajuda de alguns amigos, que vêm e vão, e de titio, claro. É nossa pequena fortaleza.

Todos os que conheci um dia partiram, mas eu nunca quis sair daqui. Tudo que conheço e amo neste mundo está ao meu redor.

ͰͰͰͰͰͰͰͰͰͰ

O manguezal é o encontro entre as águas do rio e do mar.

A fauna e flora são bastante típicas, abundantes e férteis e, aos meus olhos, maravilhosas. Sempre digo que a maior riqueza do planeta está no mangue.

Meu professor de Ciências dizia que as terras onde vivo são tão importantes para o mundo todo, que se continuarem a explorá-las sem consciência, a humanidade inteira estará em grande perigo.

Cresci com essas palavras ecoando em minha mente, portanto fiz disso a minha missão de vida: proteger os manguezais. A cada fim de tarde, saio para o último passeio de canoa do dia, para verificar que tudo está certo e em seu devido lugar antes do repouso da noite.

As cores ainda me deixam maravilhado, mesmo após tantos anos: aves de todas as colorações; crustáceos e moluscos; caranguejos correndo para se esconder; peixes variados que garantem o sustento de muitas comunidades. E, claro, os jacarés.

ͰͰͰͰͰͰͰͰͰͰ

Como as raízes das árvores muitas vezes estão acima do nível da água, elas criam proteção, e muitas fêmeas desovam no local em busca de abrigo para os ovos e filhotes.

Quando eclodem, ouço os filhotes de jacarés vocalizando de longe. Já me acostumei. Sempre tento garantir que sobrevivam ao frágil início da vida em segurança. Assim, com minha canoa serpenteando sobre as águas, observo a natureza e, em seguida, corro pelo mato para fiscalizar. Nada acontece aqui sem que eu saiba.

Meu lar e minha vida.

Com o coração em paz, retorno para a casa na árvore.

Frequentemente, faço ostras para o jantar. Elas ficam emaranhadas às raízes aéreas da vegetação e são muito fáceis de serem apanhadas.

Falando nisso, faço parte da equipe que vigia a extração de qualquer ser vivo do mangue. A exploração tem de ser consciente, respeitando a quantidade e o tempo certos. Ninguém tira algo além do que a natureza permite. Ela nos fornece em abundância, mas se a ganância falar mais alto e alguém ultrapassar o limite, todos iremos sofrer.

Temos de preservar e manter o equilíbrio do funcionamento deste ecossistema tão diversificado e as inúmeras famílias que daqui tiram sua profissão e seu sustento.

E foi em meio à beleza e a todo o trabalho necessário para manter esse pequeno paraíso que, em um belo dia, um visitante desconhecido chegou, vindo de terras distantes e trazendo diversos mistérios.

Sempre gostei de ouvir e contar histórias durante um belo passeio de canoa — exceto histórias sobre meu passado, mas isso você já sabe. Gosto de viver o presente e olhar para o futuro, indo até ele enquanto deslizo sobre as águas do rio e do mar se encontrando e se sobrepondo.

Logo, ficamos amigos e me interessei muito sobre o que ele tinha a dizer.

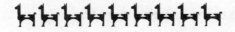

Em um mangue, os dias nunca são iguais.

Bem cedo, antes mesmo de o sol nascer, a brisa que anuncia a manhã entra pelas frestas entre a madeira da casa na árvore e me desperta para o novo dia.

Levo alguns minutos para acordar por completo. Sempre faço uma pequena mentalização positiva, saudando o novo dia e a chegada dos primeiros raios de sol, que costumam abrir os olhos junto a mim. Em seguida, preparo um delicioso café da manhã, que divido com visitantes: quase sempre pássaros e, ocasionalmente, lagartos. Quando desço a árvore, sentindo o frescor da manhã, estou pronto para qualquer aventura.

O dia muda de acordo com a maré, assim como as espécies que nos visitam, dependendo da época reprodutiva (ou da fome!). Há também a escala de colheita de alimentos e insumos do mangue pelos trabalhadores — que fiscalizo bem de perto. E também de acordo com os visitantes, turistas do mundo todo, que guio na canoa. Já aprendi a falar "obrigado" em dezessete idiomas!

Conheço gente de todos os continentes. Eles me contam histórias de seus países e, assim, sem nunca ter viajado, sinto que conheço o mundo todo.

Sempre ficam admirados com meu jeito de lidar com a natureza. Eu respeito, saúdo e até converso com os bichos. Há quem diga que eles não entendem. Eu discordo.

ᚼᚼᚼᚼᚼᚼᚼᚼᚼ

Já deu bom-dia a um jacaré e pediu para ele não devorar você no café da manhã? Eu já! Fiz esse pedido muitas vezes e, olhe só, estou inteirinho! Nenhum pedaço faltando. Os jacarés me respeitam e eu os respeito de volta.

Mesmo que seja só com o olhar, peço que sigam viagem pelo rio e nos deixem passar. Eles sabem que eu cuido do seu lar e compartilhamos a mesma intenção com o manguezal: que ele prospere.

Qualquer ser vivo se conecta com você e seu interior por meio de energia. Eles sabem quais são as suas intenções com eles, com sua espécie e seu hábitat. Somos parte de uma família, de um ecossistema que só existe em harmonia, e cada ser que pertence a ele está ligado aos demais.

Eles veem nosso espírito e nosso coração. Se você os respeitar, eles respeitam você de volta.

Só não aconselho você a ficar de papo com um jacaré por muito tempo, e nem muito de perto, pois ele pode estar de mau humor ou muito faminto. Além disso, se você não for íntimo deles, como eu sou, pode acabar ficando um pouco confuso e emanando medo. Eles pressentem de longe.

Bem, como você pode notar, gosto muito de falar. É assim que ganho a vida, sabe. Conto histórias e mais histórias do mangue, quando estou com visitantes na canoa. Nem todas as histórias aconteceram de fato como são contadas, mas garanto que nenhuma delas é completamente mentira.

Em um dia desses, que não é igual a nenhum outro, fui agraciado com o voo baixo de um grupo de guarás — lindas aves, de penas bem vermelhinhas —, e foi quando chegou também o tal visitante inesperado de quem lhe contei.

Foi uma semana após o meu aniversário. Eu havia completado vinte anos. Amigos vieram de longe comemorar, e também meu tio.

Quando, após uma semana de celebrações, o visitante chegou, as águas estavam começando a ficar calmas mais uma vez e todos já haviam partido.

Mas as águas não permaneceram tranquilas por muito tempo. O visitante trouxe muitas mudanças. Nem eu nem as águas seríamos os mesmos depois de nossas descobertas.

ҺҺҺҺҺҺҺҺҺ

O nome do visitante era Shimashiri. Você escolhe se o chama de Shima ou de Shiri. Eu escolhi o primeiro. Shima disse que seu nome significa "flor de maio", devido ao mês em que nasceu. Achei muito bonito.

Conversamos sobre nossos povos e nossa terra naquele dia, por muitas horas. Ele é peruano, de origem indígena. E a primeira pessoa de sua família a ter diploma universitário.

Disse que vinha de um pequeno povoado, Pampachiri, em Pitumarca, no coração dos Andes peruanos e, segundo ele, uma das porções mais belas da cordilheira andina: a Montanha Arco-Íris, ou Vinicunca, como a chamava.

Eu nunca tinha ouvido falar da montanha, mas fiquei fascinado com o nome e pedi que ele contasse tudo que sabia a respeito do lugar.

Eu ouvia conversas sobre o mundo todo, mas nunca ouvira o nome de um lugar que fizesse meu coração acelerar tanto, sentindo certa ansiedade, como se eu estivesse o tempo todo esperando para ouvir aquilo.

Foi uma sensação estranha e inesperada. Parecia que eu já amava o lugar mesmo sem conhecê-lo. Você já sentiu isso?

Enquanto navegara na canoa pelas águas escuras de um manguezal brasileiro, era como se eu estivesse me preparando a vida inteira para o que estava por vir. Shima trouxera tudo isso para perto de mim. A vida o fizera chegar até ali.

Uma lenda distante, que ainda estava sendo escrita pela vida, agora me puxava para junto de si com toda a força deste mundo.

ᚻᚻᚻᚻᚻᚻᚻᚻᚻ

Meu novo grande amigo contou que, quando tinha a minha idade, se afastou do povoado para morar com um tio em Cusco — tínhamos isso em comum, a proximidade com nossos tios.

Seu velho pai, ele continuou a contar, ficou sozinho na casinha onde viviam, ainda trabalhando na feira. Sua mãe falecera muito jovem e, poucos anos depois, sua irmã caçula.

Ainda assim, o pai, um homem de origem indígena chamado Omagua, nunca quis partir. Ele dizia que viver naquele solo, onde agora a esposa e a filha descansavam, era uma forma de estar sempre com elas.

O pai ainda não havia aprendido a ler e muito se orgulhava de ter um filho que fora estudar na cidade e, hoje, era um acadêmico, um historiador!

— E é por isso que estou aqui — Shima falou —, para desvendar uma peça fundamental da história do meu povo e da região de onde venho. Temos uma princesa perdida e preciso encontrá-la. É meu dever ajudar a história a ser escrita para, então, registrá-la para as gerações que nos sucederão.

ᚻᚻᚻᚻᚻᚻᚻᚻᚻ

Shima estava realmente muito empolgado com tudo aquilo, e eu não queria cortar sua onda. Mas tive de me conter muito para não perguntar qual "barato" que ele havia fumado antes de subir na canoa. Olhando ao redor, um pouco confuso, só consegui perguntar:

— E você acha... que a princesa está aqui?

Foi então que ele caiu na gargalhada.

Shima riu tanto que tive de equilibrar a canoa para que não virasse. Claro, eu já havia caído muitas vezes na água, mas fazia parte da minha boa reputação — que ia além das fronteiras do estado — nunca deixar um visitante cair de uma canoa que eu comandava.

— Você andou fumando? — perguntou Shima. — Acredito que tem ervas interessantes por aqui.

— Eu ia te perguntar o mesmo — falei, ainda um pouco assustado com aquela história de princesa peruana.

Já tinha ouvido de tudo naquela canoa. Os jacarés, os guarás e os caranguejos são prova de todo tipo de causo que já escutei, e bem sabem que não duvido de nada. Mas um historiador de origem indígena graduado em Cusco à procura de uma princesa foi a primeira vez!

ΗΗΗΗΗΗΗΗΗ

Conforme ele pediu, parei a canoa em uma linda porção de água que, de estreita, se tornava uma grande bacia e desembocava no oceano.

Era a vista perfeita para a linda e trágica história que estava para contar. Não tenho como oferecer provas, mas posso jurar que, naquele instante, todos os seres ao nosso redor pararam de fazer o que estavam fazendo e escutaram com atenção a narrativa de Shima.

Ouvi asas cessarem voos; filhotes famintos e embravecidos interromperem as reclamações; caranguejos saíram do fundo da lama; peixes pararam de nadar e até chegaram mais próximos da superfície. Ao longe, um par de jacarés parou, quase completamente submerso, com apenas os olhos para fora da água.

Extremamente cativado, como tudo ao redor, deixei que a canoa flutuasse sozinha e fiquei paralisado ouvindo o que Shimashiri tinha a dizer.

Este foi exatamente o seu relato, palavra por palavra.

$$\text{ЬЬЬЬЬЬЬЬЬЬ}$$

"Séculos atrás, existia uma princesa inca de extrema beleza e bondade, e todos a amavam. No auge de sua juventude, quando era uma grande promessa e esperança do império, ela foi brutalmente assassinada.

O motivo?

O amuleto da princesa!

Veja bem, o amuleto não era apenas dela, mas, sim, de cada princesa que vivera até então.

Lindo, talhado em pedra e colorido com o pó da montanha, o amuleto sempre teve origem desconhecida. Tinha formato de sol e era do tamanho de uma laranja. Tinha o número perfeito de raios em uma simetria única.

As cores foram absorvidas pela pedra por meio de um banho de sol que se estima ter durado 365 dias, fixando o pó colorido com o uso de ervas, alquimias e essências desconhecidas e perdidas no tempo.

Esse objeto maravilhoso era o símbolo de todas as princesas que governaram o império, ou talvez até antes dele. Elas não possuíam coroas ou diademas, mas, sim, o amuleto, que era único, e vinha passando de geração em geração havia séculos.

E, o mais importante, ele não era apenas um símbolo ou um adorno. Era um objeto que misteriosamente conectava as princesas com a terra, tornando suas funções sagradas e fazendo com que o povo, sob seus domínios, exercesse comunhão e respeito com a terra de maneira além da compreensão.

Justamente ele, o amuleto, impossível de ser replicado, copiado ou fraudado, foi o único item faltando quando a última princesa inca fora assassinada.

Desde então, sua lenda é contada para nosso povo, e ela é chamada de 'a última princesa andina'.

E é aqui, meu amigo Luquinha, que a história se faz.

Se acharmos o amuleto perdido, podemos continuar a escrever essa trágica e linda parte da memória andina."

╫╫╫╫╫╫╫╫╫

Respirei fundo. Minha cabeça fervilhava. Eu tinha mil perguntas a fazer para Shima, mas também não queria interromper o relato.

Ele continuou:

"Desde que eu era pequeno, sempre ouvi meu pai contar essa história.

O fascínio que a lenda da princesa assassinada e do amuleto perdido no tempo me despertou foi grande o suficiente para que eu quisesse explorá-la ainda mais.

Assim, passei a buscar por mais relatos do império inca, principalmente da época da última princesa. Curiosamente, meu pai, o velho Omagua, me ensinou um caminho pelas montanhas, após a Vinicunca, até uma igrejinha abandonada, que guardava um verdadeiro tesouro: livros de relatos escritos a partir das memórias dos amautas. Não eram muitos livros, porém eram suficientes.

A velha igreja, perdida no meio do deserto, era bastante pequena e sua biblioteca, escondida atrás do altar, era ainda menor.

Não demorou muito para que eu lesse todos os volumes.

Passei a ter cada vez mais curiosidade sobre o Império Inca e todos os seus mistérios. Papai incentivou-me a ir a Cusco buscar estudos e um diploma, para me especializar e fazer parte da preservação de nossas memórias. É para isso que me dedico, Luquinha. Para compreender o passado, eternizá-lo, desvendando como ele molda nosso presente e como, a partir de tudo o que nossos antepassados deixaram, podemos construir nosso futuro."

ㅏㅏㅏㅏㅏㅏㅏㅏㅏ

Ele respirou profundamente, fitando as águas do manguezal, como se estivesse refletindo sobre o que diria a seguir:

"E se eu te disser que a princesa inca assassinada não era, de fato, a *última* princesa?".

ㅏㅏㅏㅏㅏㅏㅏㅏㅏ

Após ouvir a história de Shima, filho de Omagua, diretamente dos Andes peruanos e da Vinicunca, senti que muita coisa começava a mudar em mim.

As palavras foram muito fortes e me atingiram em cheio.

Se você pensar bem a respeito, eu também era uma espécie de historiador ou mesmo um amauta, como ele disse. Ouvia histórias no mangue, vindas do mundo inteiro, e as passava adiante para diferentes gerações, que as levariam para lugares distantes. Senti-me muito conectado com o historiador e com cada uma de suas palavras.

Algo muito forte e verdadeiro que a natureza me ensinara era que nossas ações moldam o futuro e o que ficará para quem vier depois de nós. Cada ação que você realiza na natureza — desde o apanhar de uma folha até retirar ovos de uma espécie ameaçada de seu berçário natural — resulta em efeito, e somos nós e nossos descendentes que vivem o reflexo disso tudo.

Ele falava de ações ao longo do tempo, e eu refletia sobre ações com a natureza. Tudo era uma coisa só: o tempo e a terra são irmãos.

Como Shima, olhei para a água abaixo da canoa e me contemplei por um momento. Ele estava em busca da próxima princesa andina? Se a princesa inca assassinada, que tivera o amuleto roubado há séculos, não era a última, quem seria? Como eu, que nunca havia deixado o manguezal, poderia ajudar?

Meu novo amigo parecia ler meus pensamentos.

Após uma profunda reflexão, continuou a conversa.

"A linhagem real dos incas é uma lenda que ainda corre nas veias do povo andino. Eu mesmo estudei e mapeei tudo isso, com a ajuda de docentes e historiadores da universidade em Cusco. A verdade foi revelada seis anos atrás à jovem que teria direito ao título de princesa andina.

Meu pai, após um bom tempo de conversa e ponderações com a avó da jovem, chegou à conclusão de que seria melhor contar toda a verdade à princesa.

Mesmo que não tivéssemos o amuleto, não pudéssemos localizá-lo e, consequentemente, ela não pudesse carregar o título oficial. Ainda assim, meu pai e a avó da princesa decidiram contar à moça.

O mais surpreendente é que ela mesma já estava no rastro da verdade. Parecia que a vida, as montanhas e os *apus* tinham o mesmo desejo que nós: que a verdade viesse à tona. Quando a localizaram, em seu décimo quarto aniversário, ela estava numa igrejinha abandonada, lendo o livro sobre a princesa que fora assassinada — o livro que eu havia aberto um pouco mais cedo naquele dia, sob a luz de uma vela, e abandonei no local após ouvir sons estranhos no exterior da igreja, como se predadores selvagens a rodeassem.

Eu não os encontrei, mas o importante foi que a princesa encontrou o livro que deixei.

Meu pai disse que, apesar de conhecer bem as lendas, só pôde lê-las de verdade por causa da própria princesa, que o ensinara a ler quando ele a ensinou a tocar a flauta de Pã, na mesma época em que eu avançava meus estudos em Cusco.

Naquela época, ela era uma *pequeña campesina* de muito bom coração."

ᚺᚺᚺᚺᚺᚺᚺᚺᚺᚺ

— Flauta de Pã? — perguntei.

No mesmo instante, Shima tirou uma linda flauta de bambu da bolsa que carregava, com diversos canos em vários comprimentos. O instrumento era maravilhoso e, até então, novo para mim.

Começou a tocá-lo. Meu coração foi transportado pela canção tão profunda.

Havia uma vastidão a se perder de vista quando se mergulhava na história do coração andino.

— E seu pai disse a ela? Ele e a avó da princesa contaram a verdade na igrejinha, seis anos atrás?

— Sim!

— Mas então, por que você diz que está buscando a princesa?

— Veja bem, Lucas, é aí que a história se complica ainda mais. Wayrq'aja, ou Wayra, a menina com nome de vento, a "*pequeña campesina* com a alpaca", que sempre correu pela feira e que ensinou meu pai a ler, e por isso sou muito grato, soube da verdade de sua vida e da linhagem real que possuía correndo nas veias. A mãe dela havia falecido alguns anos antes, aparentemente explorando os Andes colombianos, mas fora muito mais que isso.

— A mãe de Wayra estava em busca… do amuleto? — questionei, enfim compreendendo a história.

— Sim. Ela o mapeou pelos Andes com uma ajuda minha e de minha equipe, mas acabou perdendo a vida de maneira suspeita e misteriosa antes de trazer o objeto de volta pra casa. Contudo…

— Contudo o quê? — eu quis saber, impaciente.

— Quando eu disse que a história se complicava, não me referia apenas à mãe de Wayra.

— Você está querendo dizer que…

— Sim. O amuleto não é a única coisa perdida nesta história. A jovem Wayra, a próxima princesa andina, está desaparecida há anos.

ⵀⵀⵀⵀⵀⵀⵀⵀⵀ

— Ela deve ser uma jovem de aproximadamente a sua idade, calculo eu. Preciso localizá-la e levá-la em segurança para a avó e para sua alpaca de estimação. Dizem que elas não conseguem dormir uma noite inteira há anos e passam os dias à procura e à espera da volta da princesa.

— Você acredita que, assim como a mãe, Wayra saiu pelo mundo em busca do amuleto?

— Tenho certeza disso. Porém, mais que pelo amuleto, acredito que ela saiu em busca de respostas. A história desse objeto é repleta de mistérios e momentos obscuros, e seu valor, inestimável, tendo levado muitas vidas. Há tantas mortes pelo caminho, como se deixasse um rastro de sangue. Quando estava prestes a saber da verdade, Wayra começou a enfrentar os perigos que rondavam a lenda e o objeto. Diz a nova lenda que ela foi atacada por uma onça, uma serpente negra e uma águia antes de entrar na igreja e descobrir a verdade que, no fundo, seu coração já sabia. Só os deuses sabem quais perigos ela enfrentou quando saiu de lá.

— E por todos esses anos... — completei, com o coração aflito, como se a princesa fosse uma amiga querida, embora eu sequer a conhecesse. — Quem sabe quais perigos ela está enfrentando neste momento!

Olhamos para o horizonte. Logo o pôr do sol iria começar e, com ele, meu coração inquieto parecia cada vez mais ansiar por cores que nunca havia visto, mas que buscava em silêncio a cada novo fim de tarde.

ㅐㅐㅐㅐㅐㅐㅐㅐㅐ

Havia outra razão para meu coração estar tão inquieto com a história da princesa que Shima trouxera.

Convidei-o para minha casa na árvore, que tinha um pequeno anexo onde um visitante poderia dormir na rede. Ele aceitou de pronto.

Antes de subirmos, fizemos uma pequena fogueira para assar peixe. Enquanto Shima terminava o jantar, subi rapidamente à casa e peguei algo que guardara no fundo de um baú de madeira que meu tio havia feito.

Como você sabe, titio vivera uma época no mangue e me ensinara muitas coisas importantes antes de voltar para a cidade. Uma delas era que tudo aquilo que não usamos pode ser útil a outra pessoa, portanto não devemos guardar objetos, mas sim passá-los adiante.

A vida e a natureza só têm valor se a gente divide. Compartilha. Ele enfatizava essas palavras.

Eu fazia exatamente isso.

Não tinha muitos bens materiais. Na verdade, quase nada me pertencia: poucas roupas e itens para o trabalho, uma ou duas panelas velhas que titio deixou e um ou outro presente que ganhei de visitantes. Até mesmo estes eu dividia com outros amigos que viviam na região ou que vinham em determinadas temporadas.

Contudo, havia um item do qual nunca consegui me desfazer.

Com ele nas mãos, aproximei-me novamente de Shima ao redor da fogueira, no início do anoitecer.

Nós dois olhamos para o objeto que eu segurava ao mesmo tempo, e dissemos quase instantaneamente as palavras a seguir, começando a entender o que tudo aquilo significava e como a linha da vida e do destino haviam sido perfeitas em tudo que escreveram e desenharam para nós.

"Tinha formato de sol e era do tamanho de uma laranja. Tinha o número perfeito de raios em uma simetria única.

As cores foram absorvidas pela pedra por meio de um banho de sol que se estima ter durado 365 dias, fixando o pó colorido com o uso de ervas, alquimias e essências desconhecidas e perdidas no tempo."

Tremendo, e com certo receio de encarar Shima, gritei sem perceber:

— Este é o amuleto perdido! Eu tenho o amuleto da princesa!

Após muito tremer, andar de um lado para o outro e ponderar, consegui recuperar a fala. Shima fez a pergunta que rondava sua mente desde que vira o amuleto em minhas mãos.

— Como você o encontrou?

— Faz alguns anos. Não sei dizer a data certa, mas eu estava com meu tio na parte enlameada do mangue. Ele estava catando caranguejos. Confesso que não sou muito chegado a isso, mas naquele dia, o ajudei. Ele tinha de cumprir uma entrega para o fornecedor da cidade.

Lembrando-me dos detalhes, continuei:

— Com o braço direito inteiro afundado na lama, senti um objeto na mão. Era aproximadamente do tamanho dos caranguejos que temos por aqui, mas eu sabia que não era um deles que segurava. Notei rapidamente que era um objeto imóvel e arredondado. Puxei-o com força...

… Lembro que estava bastante preso à lama, bem lá no fundo, e foi até difícil removê-lo. Meu tio teve de me ajudar… Desde então, eu o guardo em um baú, com meus poucos pertences…

… É como se fosse um tesouro. Nem a lama nem o tempo tiraram a beleza dele. Depois de lavado, ele reluziu em suas cores, tão profundamente cravadas na pedra. É inexplicável a força das cores que tem. São intrínsecas a ele. É quase como se eu segurasse a Vinicunca com as mãos.

— A terra tem muito poder — refletiu Shima.

Eu não conhecia a origem do amuleto até aquele momento, mas era como se meu coração o tivesse reconhecido desde o primeiro instante.

Com as palavras sábias de um acadêmico e apaixonado por histórias e seu poder em nossas vidas, Shima me explicou por que guardei o objeto e nunca consegui me desfazer dele, e por que sentia que ele era tão importante para mim mesmo que eu não soubesse explicar o motivo:

— A linha tênue entre destino e escolha. É algo poético, profético e até um tanto cruel da vida. Se você pensar bem, às vezes parece que há vários de nós em nosso interior. E isso é verdade…

… Como você sabe, sou historiador formado, mas também me considero um filósofo, graças à sabedoria que meu pai me transmitiu e também aos costumes e tradições que fizeram parte da minha vida enquanto eu crescia…

… Tínhamos o costume de refletir, conversar com a natureza, meditar junto à montanha. No meio disso, comecei a compreender algumas das questões mais complicadas e profundas da vida.

É verdade o que dizem: quanto mais você aprende, mais você percebe que não sabe nada...

... Aquilo que está traçado para nós, como uma linha da vida, com os principais acontecimentos, dos quais não conseguimos fugir. Em oposição, as escolhas que fazemos e que traçam novas linhas, bifurcações, mudam nossa direção...

... Como podemos ser tantos em apenas um? Percorrer tantas estradas paralelas que culminam no mesmo caminho? Não é algo simples, mas o que aconteceu com você, Lucas, e o amuleto andino é um exemplo disso...

... Algo em você — o seu eu que lembra do seu destino, de quando ele foi traçado, escrito antes mesmo de você nascer — reconheceu o objeto e soube de imediato que ele chegara às suas mãos por forças que estão muito distantes do acaso...

... Já seu outro eu, o que agora tem mil perguntas fervilhando na mente, pondera o que fazer, como e por quê. Quer entender as razões e fazer a melhor escolha possível. E a escolha que você tomar, a partir de agora, meu amigo, vai impactar sua linha da vida e de muitas pessoas que estão conectadas a este mesmo amuleto...

... Para ficar um pouquinho ainda mais confuso, porém verdadeiro, vale ressaltar que muitas dessas pessoas morreram séculos atrás e outras ainda nem nasceram. Sim. Sim. Sua escolha impactará a existência de todas elas e mudará sua vida e a história que o amuleto escreverá daqui para a frente...

... Contudo, ao mesmo tempo, sua escolha não vai alterar o destino, ele permanece o mesmo já traçado, porque existe um eu, dentro de você, que sabe todas as respostas, bem lá no fundo. Cada escolha levará você exatamente para onde você e todos da linhagem do amuleto precisam ir...

... E se, por qualquer razão, você pensar que não se trata de uma escolha, no fim das contas, aqui é que está a beleza de nossas existências: é, sim, uma escolha completamente sua. Vinda de um eu consciente e outro inconsciente, que carregam no coração o seu destino — ou, um nome ainda melhor: um de seus propósitos...

... Sem querer, você sempre soube que a hora de levar o amuleto adiante iria chegar. Você tomou a decisão de qual caminho vai seguir no instante em que o guardou no baú, mesmo que não tenha contado para você mesmo. No fundo, você sabe o que fazer.

PARTE III

OMAGUA: A FLOR DO DESERTO, O DESERTO E A FLOR

A terceira das sete cores da Vinicunca

Pequeña campesina com a alpaca,

Resolvi escrever esta carta para você já que, graças à sua generosidade, aprendi a ler e, posteriormente, a escrever.

Posso não ser muito bom com isso. Vou pedir a meu filho, Shimashiri, que é um acadêmico, para revisar o texto, afinal de contas, a carta ficará com ele até que você retorne.

Acredito no seu retorno.

Como já se passaram anos, muitos dizem que você não volta, mas nunca deixei de acreditar. Alguns dizem até que você teve o mesmo destino que sua mãe, mas não é verdade. O que aconteceu com sua mãe chegou até nós sem que gerasse dúvidas. Vou falar sobre isso mais adiante.

Quanto a você, nunca mais tivemos notícias. Sei que você está por aí, que ainda respira, que não se foi para sempre.

Eu, sua avó e a Títi seguimos à sua espera, certos de que essa espera terá fim.

Outro dia desses fui até a igrejinha. Continua como antes, empoeirada, um pouco em ruínas e, por algum milagre, ainda em pé. Se pensar bem, ela está exatamente como eu, seu velho amigo da feira, Omagua.

Sinto saudades dos dias que ficaram no passado, em que você era pequenina e corria pela feira com as longas tranças pretas e saias coloridas. Algumas tão compridas que quase faziam você tropeçar, sempre junto à alpaca.

Eu nunca te disse isso, mas quando a estava ensinando a tocar a flauta de Pã, você me lembrava muito da minha filha, que falecera com a idade que então você tinha.

Sua alegria, o som do seu riso, o amor pela vida que você sempre carregou no olhar. Essas são algumas das suas muitas marcas.

Como a Vinicunca, você colore a visão de quem repousa o olhar em você. Assim também era minha pequena menina. Você aprendeu a tocar a flauta ainda mais rápido que ela.

Naqueles dias, durante nossas lições, você ajudou muito o meu coração, cansado de sofrer de saudades. Já fazia anos que minha esposa e filha caçula haviam partido para a Grande Viagem, agora então, já se passaram décadas. Contudo, a dor nunca cessou. Nunca chegou nem perto de diminuir.

Por isso, jovem Wayra, eu a compreendi ainda mais quando perdeu sua mãe. Eu conheço o vazio. E, uma vez que um indivíduo contemple a Grande Perda, ele nunca mais a esquece. Ela nunca deixa de encará-lo de volta, olhando dentro de seus olhos para sempre, acompanhando tudo o que você faz.

Não a julgo por ter partido quando soube de toda a verdade. Mas ainda lamento, com pesar, a falta que você faz na vida de todos que a amam, e me incluo nesse grupo.

Lembro, com carinho e saudades, de você, tão miúda e delicada, tocando a flauta de Pã pela primeira vez. Pode parecer loucura, mas sinto como se o espírito da minha falecida filha tivesse lhe feito companhia naquela tarde, criando melodias com você, que dançaram com o vento e se espalharam pelo mundo, como tudo aquilo que a gente cria e que ganha asas, percorrendo a terra para atingir os corações que têm vazios como os nossos.

As músicas, as cores, o vento, tudo isso pode ajudar na Grande Dor. Você sabia disso desde pequena, pois subia os montes para tocar à espera de sua mãe, até que ela não voltou, nunca mais, e chegou a vez de você ter de partir.

No dia em que partiu, você deixou um pedaço do seu coração no pequeno casebre no meio da Vinicunca. Eu acompanhei de perto, sempre tentando ajudar, a dor de sua vó e de sua alpaca.

Por isso sei que, onde quer que você esteja, e o que quer que tenha lhe acontecido, você não está distante por escolha. Você não as abandonaria nem as deixaria sem respostas. Algo muito grave a tem mantido afastada de nós por todos esses anos.

Rezo aos deuses e guardiões para que você esteja bem e que encontre o caminho de volta para casa.

Desde sua partida, adquiri o costume que você antes possuía. Em sua homenagem, passei a subir a Vinicunca e, lá do alto, tocar na flauta de Pã as suas canções favoritas, para que o vento as levasse até você.

Era uma forma de acompanhá-la na viagem e de tentar, ao menos um pouco, dizer que você não estava sozinha. Nesses dias, eu sempre vestia meu cocar favorito, o maior e mais colorido. Assim, junto à Montanha de Sete Cores, eu poderia espalhar cor até você e seus caminhos.

Não sei ao certo quais estradas você trilhou desde que se foi, embora tenha minhas suspeitas, assim como meu filho, o historiador. Ele mapeou sua jornada até certo ponto, mas depois você desapareceu feito fumaça por entre os dedos, não deixando nenhum rastro no ar.

O que sei com toda certeza, em meu coração, é que sua avó tem razão. Você é a verdadeira flor do deserto.

⽚⽚⽚⽚⽚⽚⽚⽚⽚⽚

Flor do deserto.

O deserto.

E a flor.

É assim que falo de você para todos os que têm passado pela feira e pelo povoado nos últimos anos.

Você já virou uma lenda. Contamos essa história para que nunca se perca.

Somos os amautas de nosso tempo.

Meu filho e muitos outros vão escrever sobre você. Fiz questão de contar tudo a uma escritora viajante, que veio de longe conhecer nossas terras. Tenho certeza de que ela também vai eternizá-la nas páginas.

A história precisa percorrer o mundo e muitos corações: a lenda da princesa andina perdida, a flor do deserto — esse é seu nome na lenda que contamos.

Se há algo que aprendemos bem é que uma história contada mil vezes vive para sempre. Nossos antepassados fizeram isso e também vai acontecer conosco.

E devo dizer que, em breve, eu mesmo serei história. Estou em meus momentos finais, por isso lhe escrevo, princesa de muitos nomes: Wayrq'aja, Wayra, menina do vento, *pequeña campesina* com a alpaca, a flautista de Pã da Vinicunca, a flor do deserto, a princesa perdida, a verdadeira última princesa andina.

⽚⽚⽚⽚⽚⽚⽚⽚⽚⽚

Em meio às minhas reminiscências, devo dizer também que as próximas notícias não são completamente boas. Uma parte delas pode ser, mas preciso lhe contar que grandes tragédias aconteceram desde sua partida.

Toda história tem trechos tristes, trágicos, maléficos. E aprendi, após os meus próprios momentos de desafio, que as dores e os sacrifícios são importantes, pois nos conduzem à evolução de nossa grandeza. Sim, falo da grandeza do espírito, daquela que vamos levar adiante e espalhar muito depois de partirmos.

Sei que estou velho, mas acredite, já fui um menino e tinha tranças longas e pretas como as suas; tocava a flauta, que então era grande demais para minhas pequeninas mãos, e ouvia as lições do meu avô.

Meu avô era um homem indígena muito respeitado, com um coração tão grande e puro que afortunados eram aqueles que o conheciam.

Passei alguns anos ao lado dele e me lembro até hoje de uma de suas lições mais valiosas: ele costumava me dizer que devemos agradecer sempre, que isso é o mais importante a se fazer na vida.

A gratidão, segundo ele, era como as cores da terra em que vivíamos. Ela se espalhava por meio de minúsculas centelhas maravilhosas, capazes de chegar muito longe, levando uma parte nossa, uma parte muito bonita, que iria um dia tocar outra pessoa, e fazer com que ela se sentisse agradecida também. Em outras palavras, a gratidão era contagiante e capaz de chegar muito longe, pois formava uma corrente de bondade por onde passasse.

Ele me levava até o alto da Vinicunca e dizia tudo isso, completando com algo ainda mais profundo, que levei a vida toda para compreender.

ͰͰͰͰͰͰͰͰͰ

Vovô me dizia que ser grato pelas coisas boas que nos aconteciam era fundamental, porém ainda mais importante era que fôssemos gratos por aquilo que nos machucava.

— Pequeno Omagua — falava ele, no alto da montanha —, vê esse machucado em seu punho? Você o ganhou ontem, quando correu em volta da laguna no meio de troncos caídos, dos quais falei para se afastar. Você sentiu muita dor e chorou com a queda. E, quando voltamos lá hoje, você foi para o lado oposto, para o lado que é seguro.

Ele dizia que agradecer por cada dor e cada ferida significava agradecer a oportunidade de se engrandecer e evoluir, pois, se tudo sempre estiver bem, nunca saímos do lugar.

Perdoe-me tantas divagações, jovem Wayra. Estou velho e nos instantes finais da minha vida. Em um momento desses, costumamos relembrar muitas coisas e ponderar se fizemos tudo o que podíamos para realmente nos engrandecer no tempo que nos foi concedido.

Afinal de contas, vovô estava certo. O engrandecimento, a evolução da alma, os aprendizados e os sentimentos são tudo o que vamos levar desta vida. Nem mesmo meu mais bonito cocar vai comigo.

Se você pensar bem, ele não é meu. É emprestado, por um tempo que tem prazo de validade, uma vez que eu vou embora, mas o cocar fica. A casa onde moro, cada um de meus pertences e minhas vestes coloridas. Tudo vai ficar quando eu não mais aqui estiver. O que levarei é o que eu sou. Não somos donos de nada nesta terra e nada nos pertence de verdade. Posses e bens são ilusões passageiras. Vamos seguir viagem sem eles.

Dentro de mim, tenho a sensação de que você sempre soube disso. Sinto que posso lhe contar essas coisas, que não seriam bem recebidas por qualquer pessoa, principalmente por aquelas que têm apreço ao supérfluo — e, infelizmente, acredito que são a maioria. Você sempre teve bondade e sempre soube dar valor àquilo que importa de verdade neste mundo.

Assim, após muito falar sobre dores e aprendizados, venho lhe contar agora sobre as tragédias que os trouxeram mais uma vez. Exatamente. Novas tragédias. Novas dores. Algumas muito grandes mesmo. E novos aprendizados. Alguns, eternos, espero eu.

ᚼᚼᚼᚼᚼᚼᚼᚼᚼ

Em seu décimo quarto aniversário, eu e sua avó decidimos lhe contar a verdade, pois já vínhamos conversando e ponderando sobre a questão havia um tempo.

A verdade se descortinava para nós ao longo dos anos.

Quando sua mãe era jovem, ela descobriu a igrejinha abandonada que você encontrou, em meio às montanhas e ao deserto. E, assim como você fez, ela retornou lá muitas vezes.

Por conta das lendas, dos registros e de todas as histórias que nosso povo conta, um a um, durante séculos, ela desconfiou, assim como nós, que era da linhagem da última princesa andina. Um dos livros da capela falava justamente sobre o detalhamento de nossas linhagens, e o volume nos trouxe tanto respostas quanto perguntas.

Muitos anos depois, ela visitou meu filho, Shimashiri, que, na ocasião, estudava em Cusco. Foi uma grande surpresa quando ela chegou, pois estava com a gravidez já bem avançada. Disse que iria embora de Cusco no dia seguinte, porque desejava que você nascesse no casebre, junto à Vinicunca.

Mas antes, ela pediu ajuda. Pediu que Shimashiri a ajudasse a descobrir se as suspeitas sobre a linhagem eram reais, principalmente agora que teria uma filha.

Embora ela nunca tenha sabido por médicos ou exames que você seria uma menina, não havia sido necessário. Ela sabia dentro de seu coração, me contou certa vez na feira. Dizia que sonhava e conversava com você, antes de você nascer.

Em Cusco, disse a Shimashiri que queria saber se você era mesmo a próxima princesa andina, e se ele poderia ajudar a localizar o amuleto para lhe entregar.

Sua mãe sempre foi como todos nós: apegada à terra, às tradições e às memórias de nosso povo. Só quem nasce e vive em meio a uma força e grandiosidade como a Cordilheira dos Andes sabe o quanto isso cria um impacto dentro de você, mudando sua vida, seu modo de ver o tempo, a natureza e os povos.

Somado a tudo isso, sua mãe tinha uma verdadeira alma de exploradora. Ela sonhava em conhecer a Cordilheira inteirinha e todos os países que ela ocupa. E também sonhava em levar você junto um dia, quando tivesse idade suficiente. Sei que esse dia não chegou. Ela não teve tempo em vida.

Mas algo dentro de mim me diz que vocês fizeram essa viagem de algum modo, percorrendo montanhas e povos em busca da verdade e explorando o local de onde vieram: as montanhas que eram como suas almas.

Sinto que isso foi algo que aconteceu em sua expedição, Wayra, desde que partiu. E meu coração se alegra.

Meu filho, sendo um historiador em Cusco, já pesquisava, entre outras lendas, a da última princesa andina, que havia sido assassinada por causa do amuleto.

Assim, quando sua mãe apareceu pedindo ajuda, ele já tinha material para lhe mostrar e começou a pesquisar com ainda mais afinco o assunto. Ela também já havia coletado informações sozinha. Munida cada vez mais da verdade que se descortinava, sua mãe intensificou as viagens conforme você ia crescendo. Às vezes, meu filho sabia onde ela estava, mas em muitas vezes ela desaparecia por meses, com informações novas que coletava nas viagens.

Quando ela morreu, no trecho colombiano das nossas montanhas queridas, a notícia chegou em Cusco, e foi meu filho quem a trouxe até sua avó. Naquele dia, ele cruzou o deserto a cavalo o mais rápido que pôde. Sabia que era importante que fizessem as cerimônias e despedidas o quanto antes para que o espírito de sua mãe fosse guiado para o caminho certo.

Sempre ensinei a ele a importância de conduzir as almas para junto da verdade, seja quando partem para a Grande Viagem ou mesmo quando se perdem ainda em vida.

Sua mãe e sua avó discutiram muitas vezes sobre tudo isso. Não sei detalhes, mas sei que sua avó queria que ela deixasse tudo de lado.

Com os anos, ela aceitou que não era apenas a verdade que sua mãe buscava, mas também a aventura e, acima de tudo, a história linda e importante que estava construindo, para ficar de herança para todos os que viessem depois.

Você leu cada um dos livros da igrejinha. E, como sua mãe e todos mais que o fizeram, foi tocada pelas memórias de nossos antepassados e saiu a fim de continuar a construir tais memórias.

Mas, minha querida, quantos perigos rondam a lenda da princesa!

Ao mesmo tempo que a admirei quando saiu em busca da aventura de sua vida, também temi por você. Assim como temi por meu filho — e com razão.

As pesquisas levaram Shimashiri a cruzar um continente inteiro. Ele chegou aos manguezais brasileiros sendo guiado pela lenda e pelo amuleto. Sua bravura e anos de dedicação se provaram reais, já que o amuleto realmente estava lá.

ᛡᛡᛡᛡᛡᛡᛡᛡᛡ

O que Shimashiri não sabia era que os perigos que rondavam o amuleto eram mais letais do que supunha. Ele sabe melhor que eu quais caminhos o amuleto traçou e como viajou para tão longe. Espero que tenha a oportunidade de lhe contar.

Quando pedi a ele que revisasse esta carta, foi, na realidade, um desejo do meu coração. Vou deixá-la junto aos pertences de meu filho, guardados por seu novo grande amigo, um rapaz muito simpático, vindo com ele do Brasil, o Lucas.

Quando meu filho acordar, ele poderá ler e melhorar este texto.

Sei que não estarei aqui para ver mais nada, mas, junto de nossos antepassados, estarei assistindo e ajudando como puder.

Meu último grande sonho é que você retorne e que meu filho acorde, para que ambos se encontrem e compartilhem as respostas. Acredito que cada um de vocês tem algumas peças diferentes desse quebra-cabeças.

São lados que se complementam em uma mesma história. Assim, a verdade estará completa. E estará em casa... vocês todos estarão.

Nesse dia, *pequeña campesina*, lá do alto, minha alma vai sorrir, e vou pedir ao vento para lhe contar.

ͰͰͰͰͰͰͰͰͰͰ

Além da morte da última princesa e do amuleto que se perdeu, deixando um rastro de sangue por um continente — meu filho e sua mãe aprenderam muito sobre essa trajetória —, além também da inestimável perda de sua mãe, e da sua própria partida ainda sem retorno, esta história, ou melhor dizendo, esta lenda que estamos vivendo juntos, fez mais duas vítimas.

Ao retornar do Brasil, em posse do amuleto, meu filho trouxe Lucas consigo. Lamento dizer que os dois foram atacados quando estavam se aproximando de Pitumarca.

Por entre montanhas e lagunas, uma onça e uma águia os atacaram. Luquinha foi perseguido pela águia, que deixou feridas profundas em sua pele. Agora ele tem metade do rosto para sempre marcado por uma enorme cicatriz.

ͰͰͰͰͰͰͰͰͰͰ

Apesar dos ferimentos graves e profundos, Lucas sobreviveu e está em meu pequeno casebre, em Pampachiri, esperando que meu filho acorde, para que eles possam seguir com a aventura.

Eu, o velho Omagua, e meu querido filho, cujo nome é "flor de maio", por causa do lindo mês em que nasceu e perfumou nossas existências.

Nós dois estamos, neste momento, no mesmo hospital em Cusco.

Estou velho, aceito minha iminente partida com o coração aberto. Ansioso, até, eu diria, pelas aventuras e lendas que irei viver a seguir. E, sobretudo, pelo reencontro com minha amada esposa e minha filha caçula.

Como você, ela é uma flor do deserto.

No deserto ela nasceu.

Cresceu.

E retornou à terra.

Portanto, peço que jamais lamente minha partida. Quando você retornar, *pequeña campesina*, para sua avó, para Títi, para a Vinicunca e para meu filho e seu amigo Lucas, que guardam muitas verdades que você procura, eu já não estarei aqui.

Mas se sinta em paz com isso. Estarei tocando a flauta de Pã e pensando em você com carinho, em um lugar ainda mais alto que nossas montanhas.

ҺҺҺҺҺҺҺҺҺҺ

Não voltar a abrir os olhos nesta terra não é uma tragédia, mas o que aconteceu a meu filho sim. A onça que o atacou mudou a vida para sempre e ainda é uma ameaça.

Ele está em coma, portanto ainda corre perigo. Não terei tempo de vê-lo acordar e isso faz meu coração doer.

Nesses momentos de dor, lembro-me do meu avô, com quem estarei em breve, e de como ele diria que todas as marcas deixadas pelo ataque da onça e da águia são necessárias para que possamos seguir em frente mais fortes que nunca.

Mais resistentes e grandiosos. Como o deserto e sua flor.

Despeço-me deixando um abraço apertado, com carinho e saudades.

Por favor, volte logo para casa e para aqueles que a amam.

Do seu sempre amigo,
O velho Omagua.

PARTE IV

WAYRA:
A PEREGRINAÇÃO,
A CAVERNA
E A VERDADE POR
TRÁS DAS CORTINAS

A quarta das sete cores da Vinicunca

Abri os olhos sem conseguir formar um pensamento sequer. Meu corpo todo doía, e doía muito. Pisquei, incapaz de me mover. Meus braços e minhas pernas não respondiam aos meus comandos, e isso era perturbador.

Tentei gritar, tentei me levantar, mas não tive sucesso. De imediato, ouvi uma criança gritando:

— Ela acordou! Mamãe, ela acordou!

Em resposta, uma voz mais distante disse:

— Não é possível! Será um milagre?

Sentindo-me completamente sem forças, com a sensação terrível de não ser capaz de me comunicar ou locomover, senti um alívio quando aquelas pessoas se aproximaram de mim. Tinham olhos bondosos.

Por entre lágrimas e sorrisos, uma mãe e três filhos chegaram ao meu redor, agradecendo aos céus por eu ter, enfim, aberto os olhos.

Não tive forças.

Caí no sono novamente.

— Vamos, Wayrq'aja, precisamos seguir caminho, *mi niña*! Ouvi aquela voz.

A voz que eu tanto amava e pela qual tanto esperei. Meu coração sorriu feliz dentro do peito e me senti leve, calma, como se toda paz do mundo me invadisse.

Mas não podia ser verdade, podia? Era a voz da...

— Mamãe? — indaguei.

Naquele instante, virei a cabeça.

Era ela.

Minha linda mãe.

Sua pele morena reluzindo, seus cabelos dançando com o vento, assim como seu longo vestido florido.

Sorri profundamente ao vê-la, e também chorei de emoção. Não podia acreditar. Eu a amava tanto!

Ali estava ela. Em cor e vida, transmitindo paz.

Mas como seria possível?

Eu estava... *morta*?

ᚺᚺᚺᚺᚺᚺᚺᚺᚺ

Parecendo ler meus pensamentos, ela se aproximou. Acariciou minha cabeça, como costumava fazer quando eu era pequena, deu-me um beijinho de esquimó e disse entre um lindo sorriso:

— *Mi niña tan bella!*

Não conseguia conter as lágrimas.

— Você não está morta. Está apenas dormindo. Veja!

Dizendo isso, ela abriu uma cortina, leve e branca, que não estava ali um segundo atrás, eu podia jurar. Através da cortina, vi a mim mesma, dormindo sobre uma mesa de pedra.

— Há quanto tempo estou assim?

— Há alguns anos.

— Anos? — O pânico me invadiu e tive vontade de gritar. Com a respiração acelerada, não sabia o que perguntar primeiro: — Mas e vovó? E Títi? O amuleto, a história da princesa? A Vinicunca… eu não a vejo há anos?

— Sim, alguns anos, minha filha. Quando soube da verdade, na velha igrejinha abandonada, você passou a estudá-la, assim como eu fizera anos mais cedo. Tive tanto orgulho. Você leu todos os livros da pequena biblioteca atrás do altar e foi a Cusco buscar mais arquivos, em outras bibliotecas, museus, universidades. E, quando estava pronta, saiu para o mundo, trilhando o mesmo caminho que eu trilhara. Então sua jornada foi interrompida. Venha, vamos caminhar. Estou aqui para lhe mostrar toda a verdade.

ᚻᚻᚻᚻᚻᚻᚻᚻᚻ

Durante a caminhada, cruzamos cenas que eu vivera. A verdade finalmente se revelava para mim. A cada trecho seguido com mamãe, por trás da cortina branca, o cenário mudava ao nosso redor e visitávamos momentos que haviam acontecido nos últimos anos.

A cortina leve dançava com o vento me trazendo mais memórias. Desta vez, derradeiras.

Assisti ao dia em que saí de casa, anos atrás, ainda bastante jovem. A visão fez com que um pranto muito sentido brotasse de dentro de mim.

Eu havia dito a vovó e Títi que voltaria em breve. Dei-lhes um forte abraço, daqueles que a gente nunca quer soltar, e falei que logo estaríamos juntas de novo. Meu plano era ir à Colômbia, descobrir sobre a morte de mamãe e seguir o caminho que ela iniciara sobre a verdade do nosso povo e da nossa família. Pretendia ficar apenas uns meses ausente e voltar para o casebre. Sentia que aquilo iria nos unir novamente. Eu precisava disso, embora tivesse sido uma escolha difícil sair de casa com tantas incertezas.

As visões da minha jornada continuaram mudando ao redor, como se eu assistisse a um filme da minha vida entre as cortinas e o vento.

Mais uma vez, meu amigo vento me trazia o presente de entender tudo que me conduzira até aquele momento, em que eu dormia um sono profundo há anos como consequência de um Grande Mal, e meu amigo assim me fornecia as ferramentas necessárias para saber como continuar a luta dali em diante. Mesmo que eu acordasse, ainda havia muitas batalhas no caminho.

Nas visões, segui em frente.

Agora me vi ir da Colômbia à Argentina, frustrada por não ter todas as respostas que buscava. Pelo contrário, a cada parada pelo caminho, surgiram novas perguntas. Segui então trilhando pelos Andes.

ҺҺҺҺҺҺҺҺҺ

Matas, desertos, montanhas, povoados. Atravessei rios de canoa. Subi montanhas desconhecidas. Camponeses gentis me emprestaram seus cavalos. Vi picos nevados, vulcões e desertos de sal. Falei com anciões, xamãs e pesquisadores. Alquimistas e nativos. Viajantes e curiosos. Dancei ao redor da fogueira com grupos que me receberam, dizendo saber uma parcela da verdade. Muito aprendi. Uni peças conforme peregrinei. Entretanto, quanto mais caminhava, quanto mais longe chegava, compreendia por que mamãe e todos os outros tiveram dificuldade na tentativa de descobrir mais sobre a lenda. A verdade havia sido oculta por uma razão muito importante.

Se o amuleto caísse em mãos erradas, todos estaríamos em grande perigo: todos os povos ligados ao objeto, em qualquer tempo ou espaço. Nada mais seria o mesmo.

Saber da verdade era colocar-se ainda mais em perigo. Por isso, era preciso ir muito longe para encontrá-la e alguém tinha de fazê-lo, ir até o fim para que a verdade libertasse a todos nós.

Eu não iria desistir. Muitos haviam iniciado a jornada e, por causa deles, eu tinha o caminho aberto e muitas verdades desenterradas para prosseguir. Era um trabalho conjunto construído ao longo de muitos e muitos anos. Por eles, eu iria até o fim. Por mamãe. Pelos meus antepassados. Pela última princesa andina, assassinada a sangue frio. Eu traria a verdade para o mundo, tornando-a segura, uma vez que passaria a ser de todos. Eu limparia a história manchada de dores, perdas e tragédias, com o despertar de novos tempos. De um modo mágico, eu sentia que aquele era meu grande propósito.

Todos nascemos com um propósito — ou com vários. Nosso interior os reconhece conforme vivemos e encontramos surpresas a cada curva no caminho. E eu sabia, sem poder explicar com palavras, que estivera ligada à lenda da princesa andina desde sempre.

Os perigos que envolviam o amuleto precisavam acabar de vez. Eu sentia tudo isso dentro de mim, como uma verdade absoluta e inquestionável.

As visões, por sua vez, continuaram mudando através das cortinas que eu atravessava junto à mamãe. Continuei a me ver pelos Andes, seguindo caminho em meio a uma natureza tão gigante e linda, tocando a flauta de Pã, conversando com meu amigo vento, sentindo cada vez mais que esse era o meu chamado, o meu propósito.

Não sabia ainda quais eram todos os perigos enquanto cruzava terras andinas desconhecidas, mas sabia que o momento de os encarar estava finalmente chegando. A sensação de ser observada e de que o perigo rondava, pairando no ar, aumentava a cada novo passo.

A longa expedição, que durou meses, passou em instantes ao meu redor. Eu precisava me lembrar de tudo. Sentia uma sensação agradável ao reviver tudo através de vislumbres.

Cada um dos passos havia sido importante para que eu chegasse aonde precisava estar. Dentro de mim eu sabia. E, caso me esquecesse, o vento fazia questão de me lembrar. Ele me acompanhara durante o caminho todo. Eu nunca estivera sozinha de verdade.

ᚼᚼᚼᚼᚼᚼᚼᚼᚼ

Da Argentina, após novas descobertas, fui conduzida a uma caverna no interior da Bolívia.

Nesse momento, algo incrível aconteceu.

No sonho, as visões da minha caminhada cessaram. As cortinas pararam de balançar e um arrepio percorreu meu corpo. Foi como se o vento ficasse imóvel, interrompendo as lembranças para focar em uma cena.

Havia algo na caverna que eu precisava realmente ver, e não dar apenas um vislumbre. Para meu consolo, mamãe continuava comigo, e também estivera dentro da caverna.

— Eu me lembro de quando estive aqui. No final de minha expedição — falei.

— Sim. Foi sua última parada antes do ataque.

— Ataque?

— Você foi atacada, *mi niña*, quando saía da caverna, por isso está em sono profundo.

— Atacada por quem?

— Por aqueles que desejam o amuleto mais que tudo. O Grande Mal, que você já olhou dentro dos olhos. Mas agora chega de perguntas. Venha comigo.

Caminhamos pela caverna, entrando em um túnel cada vez mais estreito. O silêncio era assustador, assim como o vento, que parecia estar imóvel, guardando-nos e protegendo-nos, mantendo vigília absoluta. Aqueles eram caminhos perigosos.

ʰʰʰʰʰʰʰʰʰ

— Vê aquelas pedras? — perguntou mamãe, apontando.

Olhei adiante. O estreito caminho parecia ter um fim, com inúmeras pedras que o interrompiam até o teto da caverna. Mas não parecia natural.

— O que aconteceu aqui? — perguntei.

— Foi aqui, *mi niña*, que eu, em vida, encontrei o amuleto.

— Ele realmente estava aqui?

— Sim. Estivera escondido aqui por séculos. Guardado por *apus* e por forças que vão além da nossa compreensão, impedindo que o Mal entrasse e o possuísse. — Ela parou por um instante, parecendo emocionada: — Eu e você, tenho muito orgulho de lhe dizer isso, fomos as únicas a localizar este esconderijo em muito tempo. Veja bem, Wayrq'aja, consegui pegar o amuleto. Foi indescritível o misto de sensações que tive ao segurá-lo. Uma relíquia histórica dessa grandeza, adormecida e protegida por tanto tempo! Senti como se o próprio tempo estivesse contido naquele sol de pedra, com sete cores encravadas para sempre em sua beleza. Senti a magia, o poder e a vida de todos que o possuíram. Cada uma das princesas andinas que viveu pelos séculos tem uma linda ligação com o objeto. A ligação do amor à natureza, que o forjou, do juramento de proteção e devoção ao povo ao qual elas serviram. Nossa linhagem, ascendência e herança. Mas sinto dizer que, embora muito intensa, mais do que palavras podem dizer, a sensação foi breve. Assim que peguei o amuleto com as mãos, uma parte da caverna desabou. E esta, *mi niña*, foi a primeira das muitas vezes que tentaram me matar.

ⱶⱶⱶⱶⱶⱶⱶⱶⱶ

Eu não podia acreditar na história que mamãe contava naquele sonho tão vivo, emocionante e assustador. Eu sabia que ela me contava sobre seus últimos dias de vida.

Com muito sacrifício, ela narrou, havia conseguido sair da caverna, mas, no pé da cordilheira, fora atacada.

Primeiro, uma onça a perseguiu. Ela a esperava na saída da caverna, como se não pudesse entrar no local.

Dos céus, veio uma águia feroz e tentou tirar-lhe a visão com as garras. As feridas foram numerosas e profundas. Ela sangrava, sentia dor e exaustão. Pensou em desistir, mas seguiu em frente.

Batalhadora, como me ensinou a ser. Como nenhum dos predadores teve sucesso, por fim veio a última das feras: a serpente.

A víbora negra de olhos amarelos. Mas mamãe fora muito mais esperta e havia lhe reservado uma surpresa. Antes que a atacasse, mamãe gritou:

— Você quer o amuleto?! Eu sei que o busca há séculos! Mas ele não está comigo! Está muito distante!

Ela tinha um cúmplice.

A serpente rastejou para longe, com pressa, em busca do que almejava.

ᏥᏥᏥᏥᏥᏥᏥᏥᏥᏥ

Aos arredores dos Andes bolivianos, havia um povo andino muito especial. Todos são especiais ao seu modo, é claro, mas esse pequeno povoado conseguia manter os costumes intactos e preservados de maneira magnífica.

Eles conheciam bem a lenda da última princesa andina e guardavam a montanha cavernosa com suas vidas.

Revezavam-se para proteger a caverna do amuleto e mantinham sigilo absoluto, sem jamais falarem sobre isso. Eles agiam em silêncio e em completa fé, guardando o segredo por gerações. Quando chegou a hora de minha mãe buscar o amuleto, eles já a esperavam. Sabiam que havia chegado a hora de ele prosseguir sua jornada após o longo sono na caverna.

Um pequeno andino, com cerca de doze anos, muito esperto e ágil, guardava a caverna quando mamãe entrou. Do lado de fora, ela lhe deu o amuleto e disse:

— *Niño*, corra, o mais rápido que puder. Leve isso em segurança para onde não possa ser encontrado pelas forças do Mal. Eu o seguirei em breve.

Quando a onça, a águia e a serpente a atacaram, mamãe já não estava com o amuleto. Ele estava na estrada outra vez.

Os irmãos e amigos do menino do povoado a ajudaram atirando pedras e flechas, lutando contra as três feras.

Essas foram mais algumas das vezes em que mamãe quase foi morta, mas ela resistiu.

A visão da caverna subitamente acabou. Senti meu peito doer. Mamãe já não estava mais comigo, tudo ficou escuro mais uma vez e a solidão me envolveu. Eu agora sabia de quase tudo e faltava muito pouco para a história se completar. Eu havia saído em busca da verdade, e ela era muito mais cruel e perigosa do que eu poderia imaginar.

Quando mamãe saiu da caverna nos Andes bolivianos, os ataques à sua vida ficaram cada vez mais intensos. Ela foi perseguida e, finalmente, o seu embate final nos Andes colombianos.

Quanto a mim, eu também havia saído da caverna, no interior da Bolívia, pouco antes do meu sono profundo. Havia traçado e mapeado o amuleto até ali. Contudo, não o encontrei, claro, pois mamãe o retirara do local anos antes.

Sem saber o que fazer, desci a montanha e encontrei, enfim, o destino do qual não poderia escapar.

O Grande Mal.

Ele não vai embora. Não desiste. Não descansa. Por isso, é preciso encará-lo de frente, dentro dos olhos.

E havia chegado a hora de eu olhar nos olhos amarelos e traiçoeiros daquela que perseguia meu povo há tantos séculos. Ela esperava por mim em uma emboscada, abaixo da colina com a caverna.

A serpente negra.

Ela foi ligeira e meticulosa e me atacou sem piedade.

Graças a ela e seu veneno, fiquei adormecida por anos, sendo cuidada pelo povo que anteriormente guardara o amuleto na caverna. Os mesmos irmãos que haviam ajudado mamãe agora cuidavam de mim com afinco, além de outros amigos e familiares deles, e seus próprios filhos. O pequeno povoado era tal qual uma família.

Ainda dormindo, vi todas essas verdades por trás da cortina que surgiu e desapareceu com a mesma velocidade, deixando uma leve brisa. Toda minha peregrinação, até mesmo a cena de mamãe na caverna anos antes e, então, meu ataque e como a serpente me feriu, com suas presas afiadas e seu veneno letal.

Quando vi tudo o que deveria ver e aprendi a verdade por trás do véu, por fim, cruzei as cortinas do sono e retornei ao meu corpo.

Dolorido e imóvel.

Sentia-me sufocada, mas agradecida por voltar a abrir os olhos depois de um sono tão longo, profundo e revelador.

PARTE V

Vovó:
A LAGUNA,
O FORASTEIRO
E O ÚLTIMO LUAR
EM PAMPACHIRI

A quinta das sete cores da Vinicunca

Por vezes pensei que estava enlouquecendo.

Eu e Títi saíamos para caminhar diariamente antes de ir à feira e passávamos pelos locais favoritos da minha neta.

Há uma laguna logo atrás dos montes, que era uma de nossas favoritas.

Eu costumava levar a Wayra lá quando pequena e lhe contava algumas histórias, muitas eram verdadeiras. Mesmo que fosse criança, ela sempre teve sabedoria no olhar. Era importante que soubesse a respeito das coisas da vida. Outras histórias eram apenas para fazê-la rir.

E como eu amava o som de sua risada!

Conforme ela foi crescendo e sua mãe ficava cada vez mais ausente, meu coração se partia de saudades e também de medo.

Medo da verdade que, eu sabia, não demoraria a nos alcançar.

Agora, em todos esses anos em que a Wayra esteve ausente, é como se tudo tivesse parado.

A feira já não tinha graça. O povoado era mais silencioso, como se os risos e as canções estivessem cada vez mais distantes. A solidão no casebre era densa. Pesada. Cruel. Eu e Títi dormíamos abraçadas todas as noites, nas poucas horas em que caíamos exaustas no sono, com receio de que alguma notícia ruim chegasse.

Embora meu coração soubesse que ela estava em algum lugar, eu já estava bem velha, sabe, a intuição poderia me enganar, principalmente se fosse confundida com aquilo que mais desejava: que ela retornasse em segurança.

A Vinicunca, que minha neta tanto amava, continuava linda e imponente. Um espetáculo de cores e vida. Mas, para meus olhos, também já não era a mesma. Quando olhava para cima, Wayra não estava lá, sentada e tocando flauta ao vento. E isso fazia toda diferença.

Entretanto, de alguma maneira inexplicável, eu sentia um pouco de paz quando ia com Títi até a laguna. Eu olhava para a água calma e serena e quase podia ver o reflexo de minha neta me encarando de volta.

Uma ou duas vezes, tenho certeza de que vi o rosto de Wayra refletido na água por um instante. Foi um instante tão rápido que poderia ter sido minha imaginação. No reflexo, ela estava com os olhos fechados, mas eu sabia que não estavam fechados para sempre. Ela voltaria a abri-los e, onde quer que estivesse, estava apenas dormindo.

ⱶⱶⱶⱶⱶⱶⱶⱶⱶ

Realizávamos pequenas cerimônias em Pampachiri semanalmente, pedindo aos céus e às terras que Wayra, a menina com nome de vento, voltasse. Que o vento voasse até seu paradeiro e a conduzisse para nós novamente.

Títi e eu conversávamos com a terra da Vinicunca e cada uma de suas sete cores, clamando por ajuda. Nossa fé era tão grande que poderia mover montanhas. E foi assim que aconteceu. As montanhas que nos separavam se moveram para abrir o caminho entre nós.

Em uma manhã, que não foi de espera e dor tal qual todas as outras, me assustei com os balidos de Títi ao lado de fora do casebre. Eu estava arrumando tudo o que levaria para a feira naquele dia, mas larguei sem pensar e corri para ver do que se tratava.

Foi então que meu olhar repousou no horizonte colorido e minha respiração parou por um instante. Meu coração soube um pouco antes dos meus olhos. Títi corria pela terra com tanta pressa que parecia nunca chegar.

Ao longe, vinha Wayra, com passos lentos. Ela aparentava estar muito cansada e com dor, mas não desistia de caminhar.

Ela vinha para nós.

Quando alcancei minha neta, não contive o choro com lágrimas incessantes.

Nós três: eu, a *pequeña campesina* e sua alpaca éramos uma família.

Vivíamos solitárias em um casebre aos pés da Montanha de Sete Cores, que era nosso lar e para sempre o seria.

Caímos juntas na terra e choramos por muito tempo. Foi o reencontro mais lindo que aquelas terras já viu.

Peguei o rosto de Wayra entre as mãos e notei a passagem dos anos em suas expressões. Ela era agora uma jovem mulher, tão linda como sua mãe havia sido. Estava bastante diferente da jovem que um dia partira, mas em seu olhar nada mudara. A bondade e a sabedoria ali permaneciam.

Eu podia ler suas expressões, suas feridas e marcas, e afirmar que aprendera muito sobre a vida e seus perigos no período em que estivera ausente.

Uma flor do deserto é acostumada a ficar muito tempo em condições desfavoráveis. Elas sobrevivem a longos períodos sem nutrientes e sem água, em violentas tempestades de areia e solidões extremas.

A minha flor do deserto sempre fora forte. Ela retornara ainda mais resistente.

ⱧⱧⱧⱧⱧⱧⱧⱧⱧ

Os dias se passaram e a festa pelo retorno da minha neta continuava. Os amigos vinham do povoado trazendo tanta comida que jamais conseguiríamos comer sem dividir. Dançamos e cantamos ao redor da fogueira para agradecer aos céus, às terras, aos *apus* e suas montanhas.

Wayra estivera em um pequeno e restrito povoado isolado, no interior da Bolívia, desacordada e imóvel pelo veneno de uma serpente. Ninguém nunca soube dizer como ela sobreviveu, com muitos dizendo que teria sido impossível se salvar, uma vez que aquela serpente era conhecida por ter um veneno mortal.

Um dos rapazes que cuidou de Wayra, e que conhecera minha filha, disse que minha neta sobreviveu porque os guardiões sabiam que ela ainda não havia cumprido seu destino por completo. Ela tinha muito mais o que viver e novas batalhas a travar. Fora um sono necessário e regenerador para que seu corpo e espírito se revigorassem e, acima de tudo, pudessem enfim conhecer a verdade, sem véus nem cortinas a recobrindo.

Seu corpo precisou de anos para eliminar o veneno e as suas toxinas, para ter forças e conseguir se mover de novo. Um longo processo de recuperação com uso de plantas e extratos únicos retirados do local. Oraram e vigiaram, certos de que a viajante reabriria os olhos no devido tempo.

Apenas quando estava forte a trouxeram de carroça até Pampachiri. Ela pediu para seguir o trecho final a pé. Mesmo ainda fraca, precisava dar aqueles passos na sua terra e na cordilheira, para se sentir viva e parte de tudo que amava.

Como a verdadeira princesa que era, minha neta caminhou de volta até o casebre com os próprios pés.

ᏏᏏᏏᏏᏏᏏᏏᏏᏏ

De algum modo, meu coração, velho e cansado, acertou mais uma de suas suspeitas.

Havia um rapaz muito bonito vindo de longe, do nordeste brasileiro. Lucas. Ele viera com Shimashiri, filho do velho Omagua. Ambos haviam sido atacados brutalmente no deserto. Shimashiri continuava em coma no hospital e Lucas se mudara para Pampachiri com o intuito de cuidar da velha casa do Omagua, meu bom amigo, que havia partido para a Grande Viagem.

Antes de partir, Omagua lhe pediu que ali permanecesse à espera do despertar de Shimashiri e pelo retorno da princesa.

Lucas era muito querido nas redondezas. Era o forasteiro que rapidamente se afeiçoara a nossos costumes e se tornara um de nós com todo o coração.

Fiz diversos ponchos, cobertores, cachecóis, colares, chapéus e camisas para ele, com as estampas e cores características da região.

Ele costumava explicar seu afeto ao nosso povo e nossas terras com estas palavras:

— Tudo se deve ao meu respeito e conexão com a natureza e tudo que dela vem. O amor que sempre possuí por cada ser vivo é o mesmo que sinto aqui. É como se eu pertencesse a este lugar desde sempre. Vocês vivem em comunhão com a terra de um modo como nunca vi, mas que tentei seguir na vida. Sinto falta do mangue e pretendo voltar um dia, nem que seja para visitar. Mas aqui, próximo à Vinicunca, me sinto em casa de um jeito que nunca imaginei. É como se eu tivesse esperado por este lugar a minha vida toda.

— E este lugar esperou por você, Luquinha, pode ter certeza. Esta terra é mais colorida tendo você junto a ela.

ᏏᏏᏏᏏᏏᏏᏏᏏᏏ

Agora, um pequeno segredinho.

Eu bem sabia que não era só a terra que se alegrava com a presença de Lucas. Havia muito mais para o forasteiro por ali. Outras coisas haviam esperado por ele: uma vida inteira junto às montanhas, às lagunas, às alpacas e à flauta de Pã.

ᏏᏏᏏᏏᏏᏏᏏᏏᏏ

Certo dia, já bem mais disposta, Wayra finalmente aproximou-se de Lucas. Eu e Títi assistimos sorrindo, mas logo fomos embora, para não sermos bisbilhoteiras.

Antes daquele dia, eu havia lhe pedido que se recuperasse mais um pouco da jornada antes de ouvir o que Lucas tinha a dizer sobre o amuleto, o manguezal e Shimashiri, que continuava no hospital em Cusco.

Ela havia atendido meu pedido. Por semanas, aproveitou as forças da montanha e suas cores para dar continuidade à cura, fazendo pequenas caminhadas com a alpaca a fim de colocar os pensamentos no lugar e tocava a flauta de Pã para se reenergizar com o vento.

Um dia, voltou à feira por poucas horas e foi saudada com muito amor e entusiasmo. Com o tempo, voltou a fazer as famosas tranças nos viajantes e a me ajudar com as vendas na barraca.

Via Lucas em meio ao povo, sempre de longe, com curiosidade.

— Tudo em seu tempo, minha querida — eu dizia a ela.

ⵀⵀⵀⵀⵀⵀⵀⵀⵀⵀ

— Tudo em seu tempo — repetia ela, concordando comigo ao mesmo tempo que seu coração lhe pedia para se aproximar do rapaz que tinha vindo de longe com tantas histórias para contar.

Quando se aproximaram, foi em uma linda noite. A lua cheia coroava o céu e as estrelas tinham um brilho especial, diferenciado, quase como se sorrissem.

Era uma pequena celebração no povoado, uma festa anual da colheita.

Wayra estava particularmente linda, com um vestido azul que eu mesma bordara, longo até seus pés, recobrindo as sandálias trançadas. O tecido era perfeitamente estampado com delicadas flores roxas e amarelas cheias de vida.

Os longos cabelos dela estavam soltos, quase desaparecendo com a escuridão da noite, mas resplandecendo sob o brilho do luar estrelado.

Durante a celebração, notei que minha neta se afastou um pouco após dançar com os amigos e foi caminhar para longe de nós.

De soslaio, vi quando Lucas a seguiu, um pouco incerto e receoso. Ele tinha uma flor nas mãos. Uma flor do deserto.

Nunca disse isso a ela, mas confesso que derramei uma lágrima de felicidade por saber que o encontro perfeito estava prestes a acontecer. Ele tivera tempo e espaço determinados pela vida, pelo destino e o universo. Eu testemunhava algo lindo, escrito e escolhido há tanto tempo, desenhado com perfeição e esculpido tal qual uma obra de arte. Eram dois corações que, entre linhas tortuosas de uma lenda trágica e rara, haviam finalmente se encontrado.

A passos curtos, ele se aproximou e Wayra percebeu. Ela diminuiu a velocidade dos próprios passos e o aguardou. Alcançaram-se e se olharam.

Nesse instante, eu e Títi nos viramos e continuamos a dançar com nossos amigos. Eu sorria ao saber que, a uma curta distância, em meio ao deserto, um luar diferente acontecia.

Era o último luar que minha neta estaria sozinha. Sob a luz da lua e das estrelas, tendo o deserto e as montanhas como testemunhas, Wayra encontrara quem deveria encontrar.

Era o último luar de solidão em Pampachiri.

PARTE VI

LUCAS:
A ONÇA,
A ÁGUIA
E O JACARÉ

A sexta das sete cores da Vinicunca

Ao me olhar no espelho ou no reflexo das águas das lagunas, quase não conseguia me reconhecer.

A águia me marcara para sempre. As garras dela haviam me atingido com tamanha profundidade que a cicatriz me lembraria daquele dia para sempre. Não que eu precisasse de algo para lembrar, pois havia sido inesquecível.

Assim como Shima dissera no anoitecer em que tirei o amuleto do fundo do baú, compreendendo o que ele era e sua grandeza, eu realmente sabia o que fazer a partir dali. Eu o havia guardado por um propósito desconhecido à minha consciência, mas muito vivo em meu coração.

Em poucos dias, após deixar tudo em ordem e fazer as despedidas necessárias, partimos do mangue. Dei adeus a tudo que amava. Convidei meu tio e alguns amigos para dar um longo passeio na canoa. Disse adeus às aves, às ostras, aos jacarés, aos caranguejos e tudo mais; às plantas, à água e à lama. Ao rio que desemboca no mar.

Foi difícil, e sempre chamaria aquele mangue de meu lar. O berçário de tantas espécies era também o meu local de nascimento e evolução. Eu dizia isso sabendo do tamanho do privilégio que tivera por viver tantos anos ali, cercado pelas maiores riquezas do mundo.

Ao mesmo tempo, meu espírito sentia a necessidade de seguir. Outro canto do continente me chamava, como um eco que era levado pelo vento até mim, com sons de uma melodia distante. Com o tempo, eu soube, eram músicas tocadas no alto da Vinicunca, com a flauta de Pã.

Segui aquele som silencioso a vida toda conforme deslizava a canoa pelo manguezal seguindo um rastro invisível, mas poderoso, do destino. Shima viera como o chamado final, para me guiar até um dos meus propósitos. Dei adeus ao mangue e abri os braços para meu futuro escrito que eu escolhia com a mente e com o coração.

Quando enfim chegamos às terras peruanas, nos arredores de Pitumarca, em que ficava o povoado de Pampachiri, eu e Shima fomos atacados.

Não posso dizer que foi um ataque esperado, pois ele surgiu sem nenhum sinal ou aviso. Entretanto, o ar estivera pesado. À medida que nos aproximávamos mais do povoado, uma sensação horripilante, de causar calafrios, nos acompanhava, como se seguisse nossos passos.

À espreita.

De longe.

Aproximando-se vagarosamente.

De trás de uma colina, ela surgiu: a onça. Com rapidez e agressividade na direção de Shima.

Meu amigo gritou:

— Leve o objeto! Agora! Você sabe o que fazer!

Ele havia me contado todos os segredos e como agir, caso não concluísse a viagem até o fim. Quase como se pressentisse o que estava para acontecer.

Não pude voltar para ajudá-lo, pois ele havia me feito prometer durante a jornada que eu seguiria com o amuleto, mesmo se precisasse abandoná-lo. Ele faria o mesmo, caso a situação fosse oposta.

Corri o mais rápido que pude. Sempre me orgulhei de ser rápido e atento pelas terras do manguezal, mas nada poderia me preparar para aquilo. Uma águia enorme veio do céu tal qual flecha e me acertou em cheio. A dor foi excruciante. Gritei muito alto, sentindo o grito vindo de dentro dos meus ossos.

A ave parecia ter retalhado minha face, mas ainda assim ela não parou. Cruel e obstinada, atacou-me outras vezes, marcando meus braços e costas com suas garras e seu bico feroz. Caí no chão sangrando e em prantos, gritando cada vez mais alto, em dor extrema e agonia.

Nesse momento, algo mágico aconteceu.

Você pode pensar que eu estava delirando de dor ou mesmo desmaiado, mas vou contar o que vi com meus dois olhos, que não mentem. Mesmo sendo um bom contador de histórias, essa não irei aumentar nem um pouquinho.

Eu estava caído no chão com o amuleto ainda seguro pendurado no pescoço e girei a cabeça ao ouvir um som conhecido que eu havia deixado para trás — um som do qual eu havia me despedido antes de partir do mangue.

Era o som de um jacaré, mais feroz do que qualquer um que eu já tivesse visto. Muito maior que o normal, gigantesco, eu diria. Forte, pesado, enfurecido. Ele surgiu no meio do deserto e atacou a águia, aniquilando-a de uma vez. Devorou a ave em instantes. Então, olhou para mim, ao chão.

Tremi, pensando que me atacaria também, mas ele seguiu em frente, em direção ao local onde Shima estava.

Meu amigo já estava inconsciente quando o jacaré gigante chegou, mas posso apostar que ele atacou a onça e impediu que ela matasse Shima. A onça foi a segunda refeição do jacaré no deserto peruano.

Mesmo que não haja testemunhas para contar esse trecho da história, eu sei que foi isso que aconteceu. Caso queira argumentar que não há jacarés naquela região, que é impossível por muitos motivos, afirmo que até concordo com você. Ainda assim, o impossível aconteceu. Vi com meus olhos quando um animal, que respeitei e amei por toda minha vida, me salvou da morte certa.

Eu havia respeitado e protegido sua espécie, lutado por sua preservação. De uma forma que pode parecer mágica, a natureza encontrou um jeito de retribuir. Foi a vez de um jacaré me salvar e garantir também que a história da princesa andina não tivesse um fim trágico.

A natureza sabe bem quais lutas tomar para si. Ela nunca entra para perder e bem sabe o que deve seguir adiante nesta vida, quais verdades devem permanecer e quais males devem ser aniquilados. Ela é aliada da verdade, da terra e do tempo, como nós.

Fiquei um tempo no hospital em Cusco — o mesmo para onde Shima fora levado e permanecia em estado gravíssimo, em coma. Pouco depois, seu pai também foi levado para lá. Ele já estava com uma idade avançada e vivera uma vida de grandes perdas.

Ninguém nunca disse isso, mas dentro de mim, pensei que Omagua não havia aguentado a notícia do ataque que o filho sofrera. Ele faleceu pacificamente, deixando comigo uma carta para que Shima revisasse e fosse entregue à princesa, que eu ainda não havia conhecido.

Omagua teve fé até o último instante que Wayra retornaria e seu filho sairia do coma. Ele partiu repetindo essas palavras entre uma lágrima e um sorriso ao murmurar canções que outrora tocara na flauta de Pã.

Quando saí do hospital já recuperado, levava comigo as cicatrizes do ataque que sofrera e que me tornaram ainda mais forte e certo do que tinha de fazer.

Passei a morar em Pampachiri, na casa em que Omagua viveu toda a vida, como ele havia pedido que eu fizesse. Além disso, eu visitava semanalmente meu amigo no hospital.

Com o tempo, cada vez mais, aquele lugar se tornou o meu lar.

ⱵⱵⱵⱵⱵⱵⱵⱵⱵⱵ

Comecei a trabalhar na feira.

Sendo bom de histórias e guia de caminhos turísticos, rapidamente me adaptei ao trabalho de conduzir semanalmente dezenas de viajantes até a Vinicunca. Fossem grupos que iam a cavalo ou visitantes mais aventureiros, que desejavam escalar os Andes, eu estava sempre pronto para ajudar.

Frequentemente, escrevia cartas para meu tio. Ele não morava no mangue, mas era uma maneira de nos manter conectados em meio a tudo o que acontecia. Às vezes, eu sonhava que estava na casa na árvore sentindo a brisa fresca da manhã a me acordar. Mas não podia reclamar. Tivera uma vida inteira para desfrutar o manguezal e agora me via cercado por outra maravilha da natureza.

A beleza da Montanha Arco-Íris era indescritível. Na primeira vez que a vi, confesso ter derramado lágrimas. Ela era tão linda que parecia ter sido pintada com pincel, aquarela e tinta.

Shima a havia descrito, mas as palavras jamais lhe fariam justiça. Era hipnotizante. Uma beleza e imponência que pareciam um escândalo, um encanto e um assombro. Uma obra-prima. Uma oração. Uma conexão direta com o intangível.

Quando subi até o topo pela primeira vez, tirei os calçados, senti a terra colorida entre os pés e agradeci aos *apus*, como haviam me ensinado.

O pôr do sol, que sempre amei assistir no manguezal, era diferente no alto. Era possível ver o sol repousando nas nuvens, como se elas fossem uma cama, e as estrelas que despertavam, um cobertor para seus raios a desvanecer.

As nuvens, roseadas naquele momento tão espetacular, formavam um caminho pelo céu que se parecia um pouco com o rio desembocando no mar. Eu quase podia ver um barco a navegar ali em cima, rumo ao eterno.

Vendo tudo isso bem de perto, falei para mim mesmo:

— Estou em casa! Que sorte eu tenho!

A sensação de realmente pertencer a algum lugar é muito forte.

Eu pertencia às montanhas e a tudo que as rodeava, mas não era só isso. A força que eu sentia me unindo àquelas terras ia além da compreensão.

Sempre que eu pensava na princesa perdida, Wayra, e em onde ela poderia estar, eu sentia uma sensação estranha. Um desconforto misturado à ansiedade e, se ouso dizer, até mesmo à felicidade.

Conheci sua avó e a alpaca Títi, assim como o casebre, afastado de Pampachiri. Comi muitas vezes o famoso bolo de *maíz* da vovó e levei muitos turistas à sua barraca na feira, os quais me agradeceram.

Eu queria poder fazer algo pela princesa, mas levar o amuleto e mantê-lo em segurança com minha própria vida não parecia o suficiente. Andando pela Vinicunca, eu quase podia ouvir um som de flauta no ar, como se estivesse inerente ao vento que a circundava. E me perguntava onde a princesa estaria e quando iria voltar.

ҺҺҺҺҺҺҺҺҺ

Foi numa manhã, quando eu arrumava os cavalos que levariam os turistas para as montanhas, que ouvi os gritos vindos do povoado.

Todos corriam e se agitavam, dizendo que Wayra retornara.

Não sei exatamente o que pensei naquele momento; acho que foi um misto de todas as coisas da vida e um absoluto e completo nada ao mesmo tempo. Minha mente fervilhou e se silenciou de imediato, e minhas pernas bambearam.

No horizonte, vi quando ela desceu da carroça e continuou o caminho em direção à sua casa a pé. À distância, a vi parecendo bastante debilitada, porém obstinada.

Eu não sabia dizer o que estava sentindo, mas depois me acostumei com o sentimento e compreendi quem ele era. Ele vinha de todas as centelhas do meu corpo e também da minha alma.

Eu a amei desde aquele instante, com os cabelos pretos voando ao vento, retornando ao casebre após um sono profundo, de anos e de muitas dores.

Pensando bem, eu já a amava antes disso. Talvez desde quando peguei o amuleto na lama. Ou talvez antes. Não é preciso conhecer um rosto para saber que o ama. É difícil dizer quando o amor nasce ou se sempre existiu. Mais difícil ainda é contê-lo quando ele encontra seu par.

ᚺᚺᚺᚺᚺᚺᚺᚺᚺᚺ

Com muito esforço, perseverei.

Fui capaz de me manter distante, dando o tempo e o espaço de que ela necessitava para se recuperar.

A gratidão que eu sentia por tê-la ali, de volta às terras da Sete Cores, era imensa. Ela estava segura em casa e, no seu tempo, estaria pronta para falarmos sobre o que precisávamos... e para viver.

Eu a observava de longe quando ia à Pampachiri — sempre com respeito, mas também me sentindo agitado, inseguro e até temeroso com sua presença.

Acompanhei a recuperação de Wayra. Com o passar das semanas, ela andava com mais confiança e agilidade e tinha mais disposição. Aos poucos, foi ficando mais tempo na feira a cada visita. Voltou a tocar flauta e, então, a dançar com o povo.

Títi sempre a acompanhava, de uma maneira linda de se ver. A alpaca tinha agora a feição da felicidade por estar reunida com a melhor amiga. Mesmo já tendo passado dos vinte anos e sendo considerada velha para uma alpaca, Títi tinha a alma e o jeito de um espírito jovem, sempre alegre ao lado de quem amava.

Quanto a mim, a espera pode ter me castigado um pouco, pois sou muito ansioso, e diversas vezes tive de me controlar para não ir falar com Wayra de forma abrupta e agitada.

Mas, na hora certa, senti. Eu soube sem questionar nem hesitar que o momento havia chegado.

A vida, tão gentil e sempre perfeita em tudo que planeja, preparou o cenário perfeito para nossa aproximação.

Naquele luar em Pampachiri, o último de nossa penosa solidão, vendo a fogueira e a dança de nossos amigos ao longe e olhando as estrelas que nos iluminavam, eu lhe contei tudo que sabia a respeito do amuleto e que desejava levá-la até o objeto. Eu o mantivera em segurança à espera dela. Como já não conseguia me controlar mais, arrisquei também dizer:

— É estranho, mas... às vezes penso que ouvi o som da sua flauta ao longo dos anos.

Ela me encarou profundamente por alguns instantes e respondeu:

— Não é estranho. Faz muito sentido.

— Faz?

— Sim. Sempre a toquei para alguém. Eu não conhecia seu rosto e não sabia onde estava, mas tinha certeza de que o vento conduzia as canções até onde elas precisassem chegar.

— Ele fez isso. O vento me trouxe até aqui. Até a noite deste luar, pela qual esperei cada instante em que vivi.

— Sim, o vento é meu grande amigo. Muitos anos atrás, ele me disse que o amor era a resposta para tudo em minha vida. Ele sempre guiou meus passos. O vento levou embora tudo o que era contrário ao amor, mas também trouxe para perto tudo o que é amor: a vida, a natureza, a minha família, o meu povo, a verdade sobre minha mãe e a minha linhagem.

— Esta noite, este luar. Eles são um retrato do amor que o vento pintou e nos presenteou — completei, entre lágrimas.

— Você é a princesa andina. Sempre foi e sempre será, e está na hora de receber seu amuleto.

— Amanhã, assim que o sol nascer e iluminar as cores da montanha. O amor, mais uma vez, será a resposta para tudo que eu, princesa e camponesa, sonhei.

PARTE VII

WAYRA:
O POEMA,
O SANTUÁRIO DO TEMPO
E A AQUARELA

A sétima das sete cores da Vinicunca

Se você pensar bem, viver é como escrever um lindo e longo poema.

Nunca fui uma poetisa — ao menos assim eu pensava —, mas agora, olhando para trás e contemplando tudo o que vivi, vejo que escrevi um poema perfeito durante minha existência.

Um poema sobre o vento e sobre a montanha. Sobre as sete cores do arco-íris que, por estas terras, vivem no chão e não somente no céu. Sobre minha mãe, minha avó e a Títi. Sobre as lagunas, as alpacas e a igrejinha no caminho. O povoado e a escolinha sobre palafitas. A feira, onde troquei uma flauta de Pã pelos bolinhos da vovó. Omagua e o filho Shimashiri, nossos amigos. E sobre um forasteiro vindo de mangues distantes com um tesouro perdido há séculos. Assim, completei um ciclo de dor que agora se quebrava e abria caminho para a cura das cicatrizes.

Tudo isso eram versos do poema que escrevi.

Por falar em cicatrizes, todos que viveram esta lenda as possuem. Marcas de uma história com muitas perdas e tragédias, mas que, no fim, teve o amor como a maior e única resposta.

Lucas tem marcas profundas do ataque da águia. Metade de sua face foi marcada pelas garras da ave que deixaram lacerações que nunca desapareceriam. Eu, particularmente, achava lindo e único o seu rosto, metade cicatriz.

Shimashiri, nosso bom e fiel amigo, quando por fim acordou do coma no hospital e pudemos ter nossa longa e tão aguardada conversa, também as tinha. Cicatrizes para sempre, deixadas pela onça e pelo Grande Mal.

E eu tinha as marcas das presas da serpente preta, que se enrolara ao meu corpo e me picara perto do coração.

Para sempre eu estava marcada, mas havia vencido. Tinha sobrevivido e poderia contar tudo às futuras gerações. E essa é a beleza das histórias.

ᚺᚺᚺᚺᚺᚺᚺᚺᚺ

Shima, em meio a tantos estudos e dedicação ao amuleto, poderia ter me localizado na época em que eu dormia o sono da serpente, caso continuasse a pesquisar e traçar caminhos. E o Mal sabia disso. Conforme ele foi se aproximando da descoberta, garantiu que ele também fosse levado a um sono profundo, na tentativa de que nossas histórias não se cruzassem. Mas Mal nenhum é para sempre e, em nossa trajetória, o Bem triunfou e o sonho de Omagua foi realizado. Eu e seu filho acordamos, voltamos para casa e terminamos de juntar as peças que possibilitaram desvendar o fim da lenda.

Eu e Lucas sempre dissemos que Omagua e Shimashiri são amautas de nosso tempo. Eles memorizavam tudo, com respeito e bondade, e passavam adiante. O velho pai, que havia partido após deixar uma linda carta para mim, transmitia as lembranças por meio de boas conversas no povoado, na feira, nos caminhos entre as montanhas. E, claro, por meio da música na flauta, que eu podia jurar ter escutado vindo de longe nos anos em que estive adormecida no povoado boliviano, alcançando-me e ajudando minha recuperação.

Já o filho, Shima, se tornou um grande historiador de sua geração. Deixou muitos livros que hoje residem em bibliotecas de célebres universidades pelo mundo. Ele passou adiante as histórias que nos acompanham há muitos séculos.

São as histórias que ele leu na igrejinha abandonada no meio do deserto e que foram recontadas para garantir que nunca se perderiam. São as histórias que ele estudou, pesquisou, escreveu. Entre elas, há a lenda da "última princesa andina", como fiquei conhecida, após meu retorno do sono da morte.

Você viveu a maior parte desta lenda comigo e a descobriu à medida que eu mesma também fui descortinando a verdade. Agora, vamos espiar por trás das cortinas mais uma vez. O vento tem últimas lembranças para nos mostrar, enquanto vivemos juntos os trechos finais desta história andina — ou seja, os derradeiros versos do poema da minha vida.

As lembranças permearam estas páginas, como tinha de ser, e como é em toda história que atravessa as barreiras do tempo. Tudo acontece simultaneamente, eternizando-nos naquilo que vivemos e compartilhamos.

Mais uma vez, no cume da Vinicunca, vejo relances de momentos distantes, mas necessários para tudo que vivi, por tantas décadas nesta terra.

Minha mãe, assim que saiu da caverna na Bolívia e entregou o amuleto ao jovem que era seu cúmplice, venceu o ataque das feras com a ajuda dos amigos do menino. Após derrotarem a onça e a águia, e mamãe afugentar a serpente, os meninos lhe disseram para onde o amuleto havia sido levado.

De carroça, partiram para a Colômbia. Foi uma longa viagem à beira da cordilheira dos Andes. Era uma peregrinação especial para o coração da mamãe, pois ela sabia que seria a última.

O detalhe que tornou tudo ainda mais mágico foi que, a cada nova montanha, os meninos, muito ligados à terra e tudo que dela vem, pediam aos *apus* que o Grande Mal não pudesse vê-los.

Assim, a onça, a águia e a serpente foram enganadas, cegadas pela própria ambição, por desrespeitarem a terra e seus guardiões, e não conseguiram localizar os viajantes.

ᚻᚻᚻᚻᚻᚻᚻᚻᚻ

Mamãe e seus amigos chegaram à Colômbia, onde o amuleto estava em segurança. Anteriormente, o pequeno boliviano o havia entregado a um ancião. Era um homem centenário que cuidava de ovelhas desde sempre e que, segundo suas próprias palavras, esperava o amuleto havia muito tempo a fim de conduzi-lo a seu destino. Afirmara que era seu último propósito, o único capaz de o distanciar das ovelhas e dos Andes e, após cumpri-lo, poderia enfim descansar.

O Grande Mal, contudo, conseguiu romper as barreiras e localizar mamãe e o ancião colombiano com o amuleto. Minha mãe pediu que ele partisse sem jamais olhar para trás.

Ela permaneceu nos Andes colombianos, onde as três feras a atacaram mais uma vez, enquanto o amuleto escapava em segurança pelas estradas. Conseguiu sobreviver aos ataques da onça e da águia, após uma épica batalha e ferimentos muito graves. Mas, no cume da montanha, a serpente negra se enrolou ao seu corpo e lhe picou junto ao coração, exatamente como fizera comigo.

O veneno a paralisou de imediato, e minha amada e corajosa mãezinha caiu do alto da montanha.

A última visão que ela teve foi a das terras andinas que circundavam a cordilheira. E ela amou a visão com tanta força, tamanho era o amor que tinha pela terra, que foi como se ela durasse para sempre.

É natural que haja trechos desconhecidos em histórias como a nossa, que são contadas a partir das muitas visões dos diferentes personagens que a viveram ao longo dos séculos. Ainda mais considerando que o amuleto percorreu civilizações e impérios, vendo-os se erguerem e ruírem.

É exatamente assim que nasce uma lenda: com pedacinhos, retalhos da verdade que se unem conforme são remendados com tudo que é descoberto.

Nunca soubemos exatamente como o ancião colombiano levou o amuleto até os manguezais brasileiros. Contudo, sabemos o que Lucas, meu bom contador de histórias, diz sobre isso.

Segundo ele, o homem percorreu, de carroça, terras sul-americanas sem parar. Ele rodou e rodou, com dificuldade para encontrar o destino certo, onde pudesse deixar o amuleto em segurança e, então, descansar.

Até que, nos mangues brasileiros, andando de canoa, em um lindo fim de tarde, ele se distraiu com um gigantesco jacaré que estava à espera de refeições fartas e descansava no fundo das águas, se preparando para uma longa jornada.

O que o homem não poderia imaginar era que, alguns anos depois, quando o amuleto seguisse viagem novamente ao partir do manguezal, dessa vez nas mãos de dois amigos, o jacaré partiria também. Ele iria devorar uma onça e uma águia em terras distantes e retornaria ao mangue, à espera da derradeira refeição.

Assim, o ancião não tinha com o que se preocupar, pois não seria ele quem estava prestes a ser devorado pelo bicho. Além disso, ambos faziam parte de um mesmo propósito com a natureza ao redor. Eram aliados.

E é neste trecho da história que o tempo converge mais uma vez.

No futuro, quando regressasse do primeiro embate, o réptil gigantesco teria feito duas vítimas: a onça e a águia. Faltaria ainda uma das três feras para que seu banquete estivesse completo, assim como a jornada de seus propósitos, para o equilíbrio da natureza. Seria uma serpente preta, que fizera muitas vítimas na busca pelo amuleto.

O ancião não estaria mais na terra para ver. Mas, um dia, em breve, após os ataques direcionados a nós e a nossos aliados, a serpente tentaria atravessar as fronteiras do mangue, desesperada por não encontrar o amuleto e sem saber do verdadeiro paradeiro dele, que estava sob proteção de forças que ela não conseguiria ver nem compreender.

Entretanto, a víbora não iria conseguir entrar naquele solo, pois era um local sagrado e proibido para tamanho Mal. Naquele momento, o jacaré estaria pronto. Só então ele voltaria a sair do fundo do rio, caminharia até as bordas do manguezal e devoraria a serpente preta.

Os guarás e os caranguejos que assistiriam à cena ficariam horrorizados e fascinados ao testemunharem quando o enorme jacaré partisse para sempre, aprofundando-se nas águas escuras do manguezal.

Claro, isso ainda iria acontecer, pois a serpente continuava a rastrear o objeto que tanto almejava, cruzando o continente à sua procura.

Contudo, antes desses acontecimentos, o ancião na canoa, vendo o jacaré se mover no fundo das águas, distraiu-se com os movimentos do gigante animal e derrubou o amuleto nas lamas do manguezal, onde ele encontrou repouso e proteção.

O ancião nunca mais foi visto.

Ele certamente não foi devorado por um jacaré. Acredita--se apenas que seguiu viagem. O rio que desemboca no mar tem muitos caminhos.

Quanto ao nosso gigante amigo, após fazer a última de suas três refeições principais, também nunca mais seria visto. Sou capaz de apostar que ele ainda repousa tranquilo no fundo do rio, à espera de um Mal tão grande que apenas ele possa devorar.

ℍℍℍℍℍℍℍℍℍ

Dizem que não há noite mais tranquila em nossa terra do que a noite na qual uma fera gigante janta e se deita para repousar. A natureza ao redor se silencia por completo para aguardar sua digestão. O Mal precisa de tempo para se esvair, por isso o longo repouso da fera é necessário.

Tal qual o tempo que percorre os séculos. Tal qual o rio que desemboca no mar e cria incontáveis caminhos para aqueles que têm um propósito, um cais para chegar. Tal qual as cores das terras outrora submersas que, por meio do amanhecer das novas eras, se tornaram a montanha colorida que chamo de lar. Tal qual as alpacas que lá vivem em comunhão eterna com o solo e com as outras espécies que ali têm habitado geração após geração, caminhando por cumes e vales de sete cores e ao redor das lagunas, trilhando uma estrada repleta de muitas vidas. Mesmo depois de retornarem ao solo, essas vidas ainda resplandecerão na paisagem, que é seu lar eterno, por todo o tempo que o mundo for mundo.

Tudo ao nosso redor necessita de um tempo para ser criado e para ser silenciado — e de uma eternidade para ser colorido e remodelado. Aqueles que partiram, mas vivem eternamente nos santuários distantes onde somente ventos mansos conseguem chegar, ajudam a colorir os tempos que ainda vão despertar após o sono necessário.

Portanto, na noite da derradeira refeição da fera, o silêncio na terra é absoluto e vasto e impera na profundidade da escuridão das horas que virão.

Uma grande fera jantara o Mal que agora parte da terra. A natureza respeita isso.

ҺҺҺҺҺҺҺҺҺ

Quanto ao amuleto, alguns anos depois seria desenterrado da lama por um jovem, já que o objeto ainda teria um trecho de sua história para viver.

Conheço bem o jovem que trouxe o amuleto até mim e mudou minha vida completamente. Ele é um dos meus propósitos pessoais. Quando nos aproximamos pela primeira vez, eu e Lucas sentimos uma conexão que vai além de qualquer tempo, espaço ou lenda. Nunca mais nos separamos.

Na manhã seguinte ao último luar de solidão em Pampachiri, ele me conduziu à igrejinha abandonada no deserto, com montanhas distantes de picos nevados, e isso me fez compreender com todo meu coração o significado daquilo.

Os *apus* e os guardiões são muito poderosos, mas o Grande Mal não é um inimigo que possa ser subestimado. Forças ocultas se fortalecem o tempo todo, nutrindo-se dos males que percorrem essas terras, com inveja da sua bondade e da sua luz.

O Mal nos perseguia pela terra e pelo ar, incessantemente em busca do amuleto, mas certos pontos ele não era capaz de cruzar: a caverna na Bolívia, protegida por um povo antigo e muito sábio; o manguezal no Brasil — berçário de toda a vida, responsável pelo equilíbrio dos ecossistemas da terra, também era um santuário guardado por entidades acima de nossa compreensão, assim como a igrejinha. Ela era um santuário do tempo que não poderia ser tocado pelo Mal.

Ele nos conduzia a locais sagrados, como havia feito no meu décimo quarto aniversário a fim de nos ludibriar, para que descobríssemos a verdade e resgatássemos o amuleto de seu santuário no local que ele não conseguiria entrar jamais. Os locais sagrados eram resguardados por *apus* e seres da natureza que afastavam ações perversas.

O Mal tentou sem desistir recuperar o amuleto em trajetos, quando ele ficava mais vulnerável e susceptível, ou nos usar como pudessem, para depois nos atacar.

Mas aquela batalha não seria vencida por ele. Era chegada a hora de nosso propósito, e nada tem mais força do que uma luta cujo tempo de vitória chegou.

Na manhã seguinte ao nosso grande encontro, eu e Lucas cruzamos o pequeno altar de pedra da igreja, de mãos dadas e, mais uma vez, algo lindo e inesperado aconteceu. Senti que entrei em um novo mundo.

Por segundos, fui transportada para o passado, para junto da princesa andina que me antecedeu, séculos atrás. Seus antigos aposentos ficavam exatamente ali, onde agora se erguia a igrejinha.

Ela vivera naquele local muito tempo atrás, governando em nome do amor pela terra e pelo povo. E naquele local fora brutalmente assassinada e o amuleto roubado — por sua irmã. Agora eu via tudo com nitidez, era mais uma verdade que se descortinava.

Sim, a irmã da princesa, com tanta inveja e cobiça, foi capaz de mandar que um de seus guardas assassinasse a irmã dela, para que o amuleto e o título da realeza fossem seus.

Quando os amautas descobriram, eles exerceram sua função de espalhar a notícia e a verdade pelo império, levando à execução da irmã invejosa.

Mas ela era munida do Grande Mal e nem a morte poderia interromper seus planos. Pelo contrário, ela desejava o amuleto cada vez mais.

$$\maltese\maltese\maltese\maltese\maltese\maltese\maltese\maltese\maltese$$

A irmã fora capaz de assassinato, que é o crime mais terrível que se pode cometer contra a natureza e tudo que dela vem. Forças tão grandiosas, cruéis e perversas geram um Mal inimaginável.

Ela uniu-se àqueles que lhe eram afins e que lhe concederam poderes incrivelmente perigosos. Entre eles, a habilidade de se transformar em onça, águia e serpente, para perseguir por céu e terra aquilo que almejava e atacar qualquer presa em seu caminho com um veneno paralisador.

Suas legiões de seguidores desejavam que ela obtivesse o amuleto a qualquer custo, para que governassem os povos andinos e a natureza abundante que era seu lar, por meio de escuridão e planos vis.

O jacaré, que devorara as três feras, livrara o mundo de um grande perigo, e ele não o fizera sozinho. Havia sido convocado pelos protetores da terra para auxiliar na batalha do Bem e do Mal que se estendera por diferentes regiões e em diferentes tempos, mas que tivera um fim marcado pelo amor à terra e aos povos que nela habitam em comunhão.

Tal amor e essa conexão fizeram com que o jacaré gigante fosse enviado à batalha nos Andes e no mangue, enfim eliminando a onça, a águia e a serpente preta, que muitas vidas haviam tirado.

Ainda naquele vislumbre do tempo, eu cruzava o altar da igrejinha e via, em uma fração de segundos, o que acontecera ali séculos atrás.

Uma jovem, muito parecida comigo, cujo nome jamais saberei, mas que fora imprescindível para minha própria história, roubou o amuleto guardado dentre os pertences da irmã invejosa após sua execução. A pequena jovem andina correu entre as montanhas, peregrinando por povos e civilizações, até encontrar o povoado boliviano, que jurou guardar o amuleto com a própria vida, na caverna, até que chegasse a hora de sua partida.

Eu chamo essa jovem tão corajosa de "elo perdido" desta história. Ela é como tantas pessoas são para nós: ajudam e mudam a nossa existência, sem que jamais possamos saber por completo ou mesmo entender a importância do bem que nos fizeram.

Assim, a história se completava em minhas visões, e voltei delas em um leve arfar de tranquilidade, sentindo que o passado me pertencia de uma vez e que eu estava pronta para os próximos passos da jornada.

Ali, no santuário do tempo, onde passado, presente e futuro coexistiam, Lucas havia deixado o amuleto à espera do meu retorno. Na biblioteca atrás do altar de pedra, o Mal não poderia tocá-lo.

Aquele foi o destino para o qual, nas semanas que se seguiram, povos andinos vieram de longe, com as alpacas, lhamas e ovelhas, para assistirem à minha cerimônia.

Foi lindo ver a peregrinação de tantos irmãos e irmãs com um só propósito, caminhando pelos Andes até a velha capelinha.

Para nós, não seria uma coroação, mas sim uma celebração da vida, dos antepassados e do nosso compromisso com a terra, que eu deveria jurar proteger em nome de todos que sobre ela caminharam, caminhavam e caminhariam.

Tivemos de fazer a cerimônia aos arredores da igrejinha, a céu aberto, como eu havia pedido, pois o local era pequeno e antigo demais para tantos visitantes. Além disso, eu queria que as montanhas me vissem naquele momento e que o vento corresse solto ao meu redor, pois ele trouxera o amuleto de volta para casa, então aquela também era uma vitória sua.

ᚻᚻᚻᚻᚻᚻᚻᚻᚻ

Sob o olhar de centenas de amigos, de diferentes terras e países, mas com um só coração, com o amor andino correndo em nossas veias, me tornei a Última Princesa Andina.

Vovó colocou o amuleto em meu pescoço. Ele resplandeceu com suas cores cravadas na pedra, sob a luz dos raios do sol, lembrando as cores da Vinicunca.

Todos aplaudiram e reverenciaram. Títi pulou de felicidade. Ainda mais quando Lucas colocou nela um lindo e colorido colar, feito por vovó, para que honrasse seu papel de protetora oficial da princesa.

Naquele instante, também sob uma chuva de pétalas, eu e Lucas nos casamos. Oficializar nosso amor em meio ao povo que nos unira e que era nossa família havia sido um sonho muito além do esperado, uma honra e um presente do destino.

Eu o amava com todas as minhas forças. Aquele amor sobre o qual o vento tanto me falara, sobre o qual me ensinara nas canções com a flauta e com as lembranças de tudo o que vivi para enfim chegar até ali, naquele instante perfeito, junto às montanhas, ao céu e ao povo no santuário do tempo.

A velha igrejinha abandonada, que guardava todos os tempos dentro de si, todas as histórias do meu povo era, agora, o cenário de minha união com Lucas, que assim iria se eternizar para muito além de qualquer tempo ou espaço.

ннннннннн

Meses após as cerimônias no santuário, quando fui coroada princesa e me casei com Lucas, pedi a ele algo muito importante, e pedi que atendesse sem questionar. Embora pudesse ser difícil compreender, eu tinha de fazer aquilo. Mesmo se as palavras nunca conseguissem traduzir, dentro de mim, com todas as minhas forças, sentia o que tinha de ser feito. Eu simplesmente sabia o que fazer.

Com a ajuda de Shima e de outros amigos do povoado, ele estivera trabalhando na reconstrução da igrejinha, que desabara por conta do tempo. Como a alma daquela construção era um santuário, protegido por *apus* e guardiões, todos concordaram em construir algo um pouco diferente ali: uma biblioteca. Maior, mais resistente e com espaço para mais livros.

Assim, quando fiz a Lucas meu grande pedido, em segredo absoluto, fomos até lá.

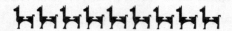

A biblioteca estava em estágios iniciais de construção, então foi fácil para meu marido enterrar o amuleto sob ela.

Fiz esse grande pedido sabendo de sua importância. Aprendi, durante minha longa jornada que, após o encerramento de uma história, sempre há uma nova, pois as histórias que construímos pela humanidade não têm fim; são um conjunto infinito para o qual todos contribuímos.

Uma nova história começava a ser escrita, agora com o amuleto enterrado sob a biblioteca. Seria uma história livre da cobiça, da inveja que o amuleto despertara e que trouxera muito sofrimento ao longo dos séculos, com as inúmeras vidas que se perderam por ele. Seu propósito havia sido lindo quando fora talhado com tanto amor e como um símbolo de conexão da vida, da terra e do tempo, por gerações de povos e seus governantes e guardiões. O objeto cumprira o propósito e agora era chegada a hora de ele ir, como tudo um dia tem de partir. O amuleto partiu em paz, levando consigo o fim de uma história e trazendo o início da próxima.

Meses depois de sua inauguração, a biblioteca no meio das montanhas e do deserto tornou-se um ponto de parada para viajantes e estudiosos que queriam saber mais sobre nosso povo.

O que eles não sabiam era que, para sempre, havia enterrado ali um amuleto que marcara gerações por séculos a se perder de vista. Um amuleto que viajara por terras distantes e que eu, como a última princesa a carregá-lo, fui responsável por escrever as linhas finais de sua história, trazendo-o de volta para casa por toda a eternidade. Esse havia sido um dos meus propósitos.

Não haveria vento, pedra, fogo ou Mal neste mundo que retiraria o amuleto de seu sono eterno. Voltara para a terra, pois ele era o símbolo perfeito e irrevogável do amor de um povo por um conjunto de montanhas.

Um povo que atravessava o tempo e o espaço cuidando daquelas terras com a própria vida, em devoção total, com um amor digno das mais belas lendas.

ᚼᚼᚼᚼᚼᚼᚼᚼᚼ

Assim, hoje vejo tudo isso, olhando para trás e folheando este poema que escrevi enquanto vivi. Um poema de amor a tudo que tem vida, começando pela montanha e o vento.

Vivi mais de nove décadas nesta vida como Wayrq'aja.

A flor do deserto, a *pequeña campesina* com a alpaca, a flautista da Vinicunca, a princesa perdida, que se tornou a última. Chamam-me por muitos nomes quando contam esta história em diferentes cantos do mundo.

Vivi a maior parte da minha vida com meu grande amor, no casebre de minha família, onde criamos a nossa própria.

Costumávamos visitar o manguezal a cada novo Equinócio de Primavera, sua estação favorita. Despedi-me do Lucas entre lágrimas e saudades, quando chegou a hora de ele partir, alguns anos antes de mim, após décadas de nossa união eterna.

Muito antes disso, havia dito adeus à vovó, que partira serenamente em um bonito fim de tarde junto ao vento.

E também vira Títi partir em meus braços.

Minha fiel alpaca, que fora um dos grandes presentes que recebi da vida, e me acompanhara carinhosamente, dando-me o privilégio de sua presença e amizade. Sua bondade pura e perfeita, a sabedoria doce de seu coração e espírito.

Ela partiu para a Grande Viagem e, um tempo depois, duas novas alpacas passaram a me acompanhar. Fui rodeada por elas a vida inteira.

ⵀⵀⵀⵀⵀⵀⵀⵀⵀ

Cada adeus trouxe uma beleza e uma dor, como as muitas cores da montanha. E enfim compreendi verdadeiramente o que Omagua dissera em sua carta. Eram as perdas e as tragédias, e como lidamos com elas, que nos conduziam para a grandeza.

A dor era profunda, mas assim eram os seus lindos ensinamentos, e os poemas que ela nos levava a escrever, quando por fim conseguíssemos começar a entender a vida, tudo que ela traz e oferece ao longo dos anos e das provações que vivemos, assim como seus significados eternos.

Eu teria novas dores de separação agora, pois teria de deixar para trás filhos e netos, a biblioteca que era meu santuário e o casebre junto à montanha, que foi meu lar por toda uma existência.

Mas eu precisava seguir em frente.

Não eram apenas dores que me aguardavam, longe disso. Aguardavam-me também muitas alegrias, reencontros pelos quais eu tanto esperava estavam logo ali, no horizonte, estendendo-me as mãos e me chamando.

Era o meu momento.

As idas e vindas da vida são o verdadeiro poema que escrevemos todos. Tudo o que é passageiro, tudo o que é eterno; tudo o que construímos e deixamos, os laços de amor que criamos.

Todos somos poetas, mesmo sem saber, pois a verdadeira poesia acontece de um modo mágico e puro durante nossa vida conforme rimos, choramos e estendemos a mão a alguém que precisa, sem esperar nada em troca. Minha poesia vai continuar a ser ouvida em todos os cantos do mundo, até onde o vento a levar.

Refleti sobre tudo isso enquanto subi ao cume da Vinicunca uma última vez — o cume que um dia fora proibido e no qual viajei até o passado e o Império Inca pela primeira vez. O ciclo se completava e os tempos se reencontravam, se entrelaçando enfim.

Meus longos cabelos formavam tranças, agora esbranquiçadas, e eu vestia um longo vestido azul, com flores roxas e amarelas. Eu o havia bordado, muito parecido com o que vovó me presenteara na noite de minha primeira conversa com Lucas no povoado. Era chegada a hora de nossa nova união. Eu caminhava até ele.

Com as pernas cansadas, parei por um momento no topo da montanha e observei toda a beleza ao meu redor. Vi Ausangate à frente, acenei para seus *apus*, em reverência.

Nunca me cansaria da vista. Não houve um dia sequer em minha existência no qual eu não me deslumbrei com a beleza daquela terra e de suas cores.

Tirei a flauta de Pã da bolsa e a toquei com serenidade, pedindo ao vento que estivesse comigo naquele momento de transição, que me conduzisse para que eu não me perdesse pelas próximas estradas. Assim ele fez.

A areia sob meus pés se revolveu com a música, formando um redemoinho colorido ao meu redor, que dançou, me embalou e me carregou nos braços.

Assim, fui conduzida gentilmente até o céu, pelas cores e pela terra que se levantou para me abraçar, pelo vento e todo amor de que ele tanto me falou, e pela música da flauta, até a última nota.

O vento me levou e me tornou para sempre um fragmento daquela montanha, que forneceria o ar, o alimento, a água, o abrigo e o santuário para quem ali vivesse. E assim me tornei cada um deles e eles se tornariam a mim, para sempre conectados. O planeta é assim, a união de todos os povos que existem e já existiram, como um gigante santuário do tempo quando tudo coexiste e nada deixa de existir.

No alto, já acordada para além da vida, vi uma cena ainda mais impressionante: agora sem véus ou cortinas, todos os *apus*, os guardiões, os protetores e os seres que guardavam as terras. Eram inúmeros e trabalhavam em perfeita sintonia, em um espetáculo de beleza e vida que seria para toda a eternidade. Agora eu me juntava a eles, como protetora de tudo que é da terra, que vem dela e que a ela retorna.

O pôr do sol era ainda mais lindo no alto. As cores do céu e da terra se mesclavam, e os seres as cultivavam na imensidão para que resplandecessem em sua eternidade.

Lucas, mamãe e vovó. Omagua, reunido com a esposa e filha caçula, também Shimashiri. Títi e sua mãe, Suzana, com um lindo grupo de alpacas e outros animais. Amigos e familiares de Pampachiri. O ancião colombiano da carroça, a família boliviana que cuidara de mim durante o sono da serpente. A princesa andina assassinada havia séculos, junto da jovem que levara o amuleto à segurança da caverna — o "elo perdido". Todos que viveram a minha lenda comigo estavam à minha espera, emanando um amor infinito. Mas eles não eram os únicos. Para meu espanto e alegria, todas as outras princesas andinas que me antecederam, e que por nós haviam vivido, estavam unidas para sempre, em meio a diversos povos andinos, que povoavam as montanhas com seus seres em um quadro lindo e imenso a se perder de vista.

Lucas estendeu para mim um instrumento de trabalho, que parecia um enorme pincel. A princípio não compreendi, mas vi que todos seguravam um também. Unidos, de mãos dadas, de pés descalços junto à terra, caminhamos pela Vinicunca e, com os nossos antepassados, continuamos a pintar as cores da montanha, tal qual uma aquarela de anjos, mantendo aquele lugar para sempre como nossa casa e nosso santuário de sete cores.

Da mesma autora,
leia também...

JOGANDO XADREZ COM OS ANJOS

1947, Inglaterra. A Europa encontra-se devastada pelos efeitos da Segunda Guerra Mundial, assim como coração da menina Anny, que é abandonada pelos pais e entregue a uma família que a maltrata diariamente. Tendo que conviver como escrava, passando fome e sem poder sair de sua nova casa, Anny conhece um vizinho misterioso que lhe ensina sobre o mundo lá fora. Em pouco tempo, ele se torna muito mais do que um companheiro para jogar xadrez, transformando-se em um fiel amigo para o seu coração sofrido. Para buscar conforto, todas as noites ela viaja para um mundo de fantasia em que as peças do seu tabuleiro de xadrez ganham vida trazendo conforto, esperança e fé. Mesmo passando por muitas dificuldades, Anny mostrará neste romance delicado, envolvente e emocionante que a felicidade está presente em detalhes tão sutis que só mesmo um anjo seria capaz de revelar.

A MENINA FEITA DE ESPINHOS

Eu nasci assim. Com espinhos venenosos sobre toda a minha pele. Repelindo, assustando e repugnando as pessoas. Eu aprendi, após receber tantos olhares de repugnância, que há beleza em tudo. Há beleza na tristeza e na dor, até mesmo na raiva. E há beleza na vida, em suas despedidas e desencontros. Este livro é para aqueles que sabem conviver com espinhos, aceitam o diferente e amam sem medos e preconceitos. Para quem sabe que vai sentir dor em vários momentos da vida, mas não desiste. Quem gosta de giz de cera, bichos de pelúcia e rosas vermelhas. Para os que sabem chorar. De verdade. Não apenas derramar lágrimas. E veem beleza em tudo. Absolutamente tudo. Mas se você não é assim, este livro ainda é para você, porque celebra as diferenças.